Sandra Brown
Dos extraños

Editado por Harlequin Ibérica.
Una división de HarperCollins Ibérica, S.A.
Núñez de Balboa, 56
28001 Madrid

© 1987 Sandra Brown. Todos los derechos reservados.
DOS EXTRAÑOS, Nº 57 - 1.3.08
Título original: Two Alone
Publicada originalmente por Silhouette® Books.
Traducido por María Perea Peña

Todos los derechos están reservados incluidos los de reproducción, total o parcial. Esta edición ha sido publicada con permiso de Harlequin Enterprises II BV.
Todos los personajes de este libro son ficticios. Cualquier parecido con alguna persona, viva o muerta, es pura coincidencia.
™TOP NOVEL es marca registrada por Harlequin Enterprises Ltd.

® y ™ son marcas registradas por Harlequin Enterprises Limited y sus filiales, utilizadas con licencia. Las marcas que lleven ® están registradas en la Oficina Española de Patentes y Marcas y en otros países.

I.S.B.N.: 978-84-671-5902-8
Depósito legal: B-2565-2008

Estaban todos muertos.
Todos, salvo ella.
Estaba segura.
No sabía cuánto tiempo había pasado desde el impacto, ni cuánto tiempo llevaba encorvada, con la cabeza en el regazo. Podían haber sido segundos, minutos, años. El tiempo podía haberse detenido.

El amasijo de metal retorcido se había estremecido interminablemente hasta que, por fin, había quedado inmóvil con un quejido ronco. Los árboles destrozados, víctimas inocentes del accidente, habían dejado de temblar. En aquel momento no se movía ni una hoja; reinaba una calma espantosa. No se oía ni un sonido.

Alzó la cabeza. Tenía el pelo y los hombros llenos de esquirlas de plástico de lo que había sido la ventanilla contigua a su asiento. Agitó la cabeza ligeramente y las esquirlas cayeron a su alrededor, produciendo un tintineo apenas perceptible en el silencio. Se obligó a abrir los ojos lentamente.

Se le formó un grito en la garganta, pero no pudo emitirlo. Se le habían helado las cuerdas vocales, y sentía demasiado horror como para gritar. Aquello era una carnicería.

Los dos pasajeros que había sentados frente a ella, buenos amigos, por lo que había podido deducir de sus bromas constantes, habían muerto. Sus risas y sus chistes habían quedado silenciados para siempre. Uno de ellos había atravesado el cristal de la ventana con la cabeza. Ella detectó aquel hecho, pero apenas miró la escena. Había un mar de sangre. Volvió a cerrar los ojos y no los abrió hasta que hubo girado la cara.

Al otro lado del pasillo había otro hombre muerto, con la cabeza apoyada contra el asiento, como si hubiera estado durmiendo cuando la avioneta cayó. El Solitario. Antes del despegue, ella le había otorgado aquel nombre. Como el avión era pequeño, había unas normas muy estrictas acerca del peso.

Mientras se pesaba tanto a los pasajeros como al equipaje antes de despegar, el Solitario se había mantenido apartado del grupo, con un talante hostil y de superioridad. Ninguno de los demás pasajeros había intentado trabar conversación con él debido a la antipatía que irradiaba. Su actitud distante lo había aislado, igual que a ella la había aislado su sexo. Era la única mujer a bordo del vuelo.

Y en aquel momento, la única superviviente.

Miró hacia la cabina y se dio cuenta de que la parte delantera de la avioneta se había separado del resto del fuselaje como si fuera el corcho de una botella. Estaba a varios metros de distancia, y el piloto y el copiloto, ambos jóvenes y agradables, estaban muertos también.

Ella tragó la bilis que le había llenado la garganta. Aquel copiloto fuerte y barbudo la había ayudado a subir al avión y había flirteado con ella, diciéndole que casi nunca tenía pasajeras en su aeronave, y que cuando las tenía, no parecían maniquís de moda.

Los otros dos pasajeros, hermanos de mediana edad, aún estaban en sus asientos, con el cinturón abrochado.

Los había matado el tronco tronchado de un árbol que había traspasado el fuselaje del avión como un abrelatas. Su familia sentiría aquella tragedia doblemente.

Comenzó a llorar. El miedo y la desesperación se adueñaron de ella. Tenía miedo de desmayarse. Tenía miedo de morir. Tenía miedo de sobrevivir.

Las muertes de sus compañeros de viaje habían sido rápidas e indoloras. Probablemente, habían perdido la vida de un impacto. Mejor así. Su muerte, sin embargo, sería más larga, porque milagrosamente, estaba indemne. Moriría lentamente de sed, de hambre, de congelación.

Se preguntó por qué seguía con vida. La única explicación era que iba sentada en la última fila. Al contrario que el resto de los pasajeros, ella había dejado a alguien en una cabaña del Great Bear Lake. Su despedida había sido interminable, así que había sido la última en llegar a la avioneta. Todos los asientos estaban ocupados salvo aquel último.

Cuando el copiloto la había ayudado a subir, los ruidosos diálogos habían cesado de repente. Al ser la única mujer de todo el pasaje, se había sentido incómoda mientras caminaba por el pasillo para ocupar su lugar, inclinada a causa de la baja altura del techo.

Aquella avioneta que había salido desde una cabaña de pesca y caza del territorio noroeste del país era algo masculino. Ella había intentado pasar desapercibida. Había ocupado su asiento sin decir nada y se había puesto a mirar por la ventanilla.

Sólo una vez, justo antes del despegue, había vuelto la cabeza y, sin querer, había cruzado la mirada con la del hombre que iba sentado al otro lado del pasillo. Él la había mirado con tal desaprobación que ella había vuelto a mirar hacia la ventanilla rápidamente.

Además de los pilotos, probablemente ella había sido la primera en notar que comenzaba una tormenta. La lluvia torrencial, acompañada de una densa niebla, la había puesto nerviosa. Pronto, las sacudidas del avión habían transformado la animada charla de los demás en comentarios nerviosos sobre el vuelo. Alguno agradeció, incluso, no estar en aquel momento en el lugar de los pilotos.

Los pilotos lo estaban pasando mal, y no pasó mucho tiempo antes de que todos se dieran cuenta. Finalmente, los pasajeros quedaron en silencio, con la mirada fija en la cabina. La tensión dentro del aparato aumentó cuando los dos pilotos perdieron el contacto por radio con la torre de control.

Ya no podían seguir guiándose con el instrumental de vuelo debido a que las indicaciones eran inexactas. Y a causa de las espesas nubes que estaban atravesando, no habían vuelto a ver la tierra desde el despegue.

Cuando la avioneta entró en barrena y el piloto les gritó a los pasajeros que se precipitaban al vacío, todos tomaron aquella noticia con una resignación y una calma asombrosas.

Ella se había encogido y había apretado la cabeza contra las rodillas, cubriéndosela con las manos, sin dejar de rezar. Pareció una eternidad.

Nunca olvidaría el primer impacto, pese a estar preparada para sentirlo. No sabía por qué se había salvado de una muerte instantánea, a menos que su tamaño, más pequeño que el de los hombres que viajaban en la avioneta, le hubiera permitido encajar entre su asiento y el delantero mejor que a los demás, y de aquel modo, hubiera sido capaz de amortiguar más el terrible golpe.

Sin embargo, en aquellas circunstancias, no estaba muy segura de que sobrevivir hubiera sido una suerte favorable. A la cabaña, situada al noroeste de Great Bear Lake, sólo se podía llegar en avioneta; entre aquel punto y Yellowknife, su destino, había kilómetros y kilómetros de bosque. Sólo Dios sabría cuánta distancia había recorrido la aeronave antes de caer. Las autoridades la buscarían durante meses sin poder encontrarla. Hasta que lo hicieran, si acaso daban con ella, estaría sola.

Aquel pensamiento hizo que se pusiera en acción casi con un impulso frenético. Comenzó a forcejear para desabrocharse el cinturón de seguridad, y se golpeó la cabeza con el asiento delantero. Por fin, consiguió bajar desde el asiento hasta el pasillo, y a gatas, se dirigió hacia el hueco del fuselaje.

Evitando mirar los cuerpos, contempló el exterior desde el borde rasgado de metal. Había cesado la lluvia, pero el cielo estaba cubierto de nubes bajas, pesadas, plomizas, que estaban a punto de descargar nuevamente. Se oían truenos frecuentes y amenazadores. No había viento, y supuso que aquello era de agradecer; el viento podía causar mucho frío. Pero... si no había viento, ¿de dónde procedía aquel sonido quejumbroso?

Conteniendo la respiración, esperó.

¡Otra vez!

Volvió la cabeza y escuchó con atención. No era fácil oír nada sobre el sonido de los latidos acelerados de su corazón.

Hubo un movimiento casi imperceptible.

Miró hacia el hombre que estaba sentado al otro lado del pasillo, junto a su asiento. ¿Era sólo su imaginación ansiosa, o había movido los párpados? Se acercó a él gateando y rezando.

—Oh, por Dios, que esté vivo —murmuró con fervor.

Llegó hasta su asiento y lo miró fijamente a la cara. Parecía que continuaba en reposo. Los párpados no le temblaban, y ni el más mínimo gemido salía de entre sus labios. Ella le miró el torso, pero el hombre llevaba un grueso abrigo, así que era imposible saber si respiraba.

Ella le posó el dedo índice sobre la curva del bigote, justo bajo los orificios de la nariz, y al sentir su respiración, emitió una exclamación.
—Gracias a Dios...
Entonces, comenzó a llorar y a reír al mismo tiempo. Le dio unos suaves golpecitos con las manos en las mejillas.
—Despierte, señor. Por favor, despierte.
Él gimió, pero no abrió los ojos. Ella comprendió, por intuición, que cuanto antes recuperara el conocimiento, mejor sería para aquel hombre. Además, ella necesitaba saber que él no estaba muerto, y que no iba a morir, al menos, inmediatamente. Necesitaba saber que no estaba sola.

Pensando que quizá el aire puro le hiciera revivir, decidió sacarlo de la avioneta. No iba a ser fácil; probablemente, él pesaba cincuenta kilos más que ella.

Cuando le desabrochó el cinturón de seguridad, él se inclinó como un peso muerto sobre ella. Consiguió detener su caída con el hombro derecho y, medio arrastrándolo, comenzó a dirigirse hacia la salida por el pasillo.

Aquel viaje de tres metros le llevó una media hora. Al pasar junto a uno de los cuerpos, el brazo que colgaba sin vida desde el asiento se les enganchó. Ella tuvo que superar la repulsión y tocarlo para zafarse. Se manchó de sangre las manos. Estaba pegajosa. Gimoteó de horror, pero se mordió el labio tembloroso y continuó tirando del hombre por el pasillo recorriéndolo centímetro a centímetro con una lentitud agonizante.

De repente, pensó en que, tuviera la lesión que tuviera, quizá le estuviera haciendo más daño que beneficio al moverlo. Sin embargo, ya había llegado lejos, y no podía detenerse. Había decidido sacarlo, y aquello era lo que iba a hacer, aunque sólo fuera para demostrarse que no estaba completamente desamparada.

Lo movió tanto como fue capaz. De vez en cuando, él emitía algún gruñido, pero aparte de aquello, no dio ninguna señal de que fuera a recuperar la consciencia. Se alejó de él momentáneamente, y atravesó las ramas de un pino.

El lado izquierdo del fuselaje se había desprendido del avión, así que todo sería cuestión de arrastrarlo por el ramaje. Ella rompió todas las ramas pequeñas que pudo antes de volver junto al hombre.

Tardó más de cinco minutos en darle la vuelta para poder agarrarlo por debajo de los brazos. Después, de espaldas al estrecho túnel que había clareado, tiró de él. Las acículas de los pinos le arañaron la cara, y la corteza le raspó las manos, aunque afortunadamente, la ropa le protegió casi toda la piel.

Mientras luchaba por avanzar, su respiración se hizo más fatigosa. Pensó en detenerse a descansar, pero temió que nunca podría conseguir la fuerza suficiente para comenzar de nuevo. Su carga había comenzado a gemir constantemente. Ella sabía que debía de estar sufriendo mucho, pero no podía parar, o quizá él se sumiera más en la inconsciencia.

Por fin, notó el aire frío en las mejillas. Sacudió la cabeza para librarse de la última rama y salió a un claro. Siguió arrastrando al hombre hasta que él también estuvo libre de las ramas de los árboles. Exhausta, se dejó caer al suelo, y la cabeza del hombre cayó en su regazo.

Ella se apoyó con las manos en la tierra y miró al cielo mientras recuperaba el aliento, pensando en lo bueno que era sentirse viva. Tras unos instantes, miró al hombre, y vio por primera vez que tenía un terrible chichón en la sien derecha. Sin duda, por aquel golpe había perdido el conocimiento.

Ella le alzó los hombros con las manos, lo suficiente como para quitárselo del regazo, y se acercó a su costado gateando. Comenzó a desabrocharle el grueso abrigo mientras rogaba que no tuviera ninguna herida mortal. Descubrió, con alivio, que no tenía sangre en la chaqueta de franela de cazador que llevaba. Desde el cuello alto de su camiseta hasta las botas, ella no encontró ninguna hemorragia grave.

Con un largo suspiro de alivio, se inclinó sobre él y le dio ligeros golpes en las mejillas nuevamente. Supuso que tendría unos cuarenta años, aunque a ella no se le daba bien adivinar la edad de la gente. Tenía el pelo un poco largo, ondulado, castaño claro, como el bigote, y la piel bronceada, como si pasara largas horas al aire libre. Su boca era ancha y delgada, y su labio inferior ligeramente más grueso que el superior.

Aquella cara curtida no era la de alguien que trabajara encerrado en una oficina. Era un rostro agradable, aunque no de belleza clásica. Tenía cierta dureza y una expresión distante que ella también había sentido en su personalidad.

Se preguntó con inseguridad qué pensaría él cuando recuperara el sentido y se viera solo en el bosque con ella. No tuvo que esperar mucho para averiguarlo; unos momentos después, él abrió lentamente los ojos.

Eran de un color tan gris como el cielo en aquel momento. Se fijó en ella, volvió a cerrar los ojos y los abrió de nuevo. Ella quiso hablar, pero tuvo miedo y se mantuvo en silencio. Él emitió una vulgar imprecación, y ella se estremeció, aunque atribuyó aquel lenguaje tan grosero al dolor que debía de estar sintiendo. De nuevo, él cerró los ojos, y esperó varios segundos antes de abrirlos otra vez. Entonces, dijo:

—Hemos tenido un accidente.

Ella asintió.

—¿Hace cuánto tiempo?

—No lo sé con seguridad. Quizá una hora.

Con un gesto de dolor, él se cubrió el chichón con una mano y se incorporó empujándose con la otra mano. Ella se apartó para que él pudiera sentarse.

—¿Y los demás?

—Han muerto todos.

—¿Estás segura?

—¿Segura? Eh… no. Creo que están muertos.

—¿Has comprobado si tenían pulso?

—No. No lo he comprobado —admitió ella.

Él le clavó una mirada sentenciosa y después, con gran dificultad, se puso en pie. Se apoyó en un árbol e intentó mantenerse erguido y recuperar el equilibrio.

—¿Cómo… cómo te sientes?

—Tengo ganas de vomitar.

Uno de los rasgos de aquel hombre era que no usaba eufemismos.

—Quizá deberías tumbarte.

—Sin duda.

—¿Y bien?

Él la miró sin apartarse la mano del chichón.

—¿Te ofreces voluntaria para comprobar el pulso de los demás pasajeros? —le preguntó con sarcasmo. Entonces, al ver que ella palidecía, esbozó una sonrisa desdeñosa—. Eso pensaba yo.

—Te he sacado del avión, ¿no?

—Sí —respondió él secamente—. Me has sacado.

Ella no esperaba que él la besara para darle las gracias por haberle salvado la vida, pero una sencilla palabra de gratitud habría sido agradable.

—Eres un desagradecido...

—Ahórratelo.

Entonces, ella observó cómo él se apartaba del árbol y se encaminaba tambaleándose hacia el aparato destrozado, apartando las ramas de los árboles con mucha más fuerza de la que ella hubiera podido reunir en un mes.

Se dejó caer al suelo y apoyó la cabeza sobre las rodillas, con la tentación de echarse a llorar. Lo oyó moviéndose por la cabina. Cuando alzó la cabeza y miró hacia la avioneta, lo vio a través del desaparecido parabrisas de la cabina de la tripulación. Estaba moviendo las manos, impertérrito, sobre los cuerpos de los pilotos.

Minutos después, él se abrió camino por las ramas nuevamente y se acercó a ella.

—Tenías razón. Han muerto.

¿Y qué esperaba que le respondiera? ¿Que ya lo sabía? Él dejó en el suelo un maletín de primeros auxilios y se arrodilló a su lado. Sacó un frasco de aspirinas y se metió tres a la boca, y después se las tragó sin necesidad de agua.

—Ven aquí —le ordenó después con rudeza. Ella se inclinó hacia delante y él le entregó una linterna—. Ilumíname los ojos, uno por uno, y dime qué pasa.

Ella encendió la linterna y enfocó el haz de luz primero al ojo derecho, después al izquierdo.

—La pupila se contrae.

Él le quitó la linterna y la apagó.

—Bien. No tengo conmoción cerebral. Sólo un terrible dolor de cabeza. ¿Tú estás bien?

—Eso creo.

Él la miró con escepticismo, pero asintió.

—Me llamo Rusty Carlson —le dijo ella, educadamente.

Él soltó una carcajada seca.

—Rusty, ¿eh?

—Sí, Rusty —respondió ella con tirantez.

—Era de esperar.

Aquel hombre carecía de educación.

—¿Y tú tienes nombre?

—Sí, tengo nombre. Cooper Landry. Pero esto no

es una fiesta, así que perdona que no me quite el sombrero y te haga una reverencia.

Para ser los dos únicos supervivientes de un accidente de aviación, aquél era un mal comienzo. En aquel momento, Rusty quería que la consolaran y que le dijeran que estaba viva y que iba a continuar viviendo. Lo único que había recibido de él era un desprecio inmerecido.

—¿Qué te pasa? —le preguntó con enfado—. Te comportas como si el accidente hubiera sido culpa mía.

—Quizá lo fuera.

Ella dejó escapar un jadeo de incredulidad.

—¿Cómo? Yo no soy la culpable de que haya habido una tormenta.

—No, pero si no hubieras tenido una despedida tan emotiva con tu enamorado, quizá nos hubiéramos adelantado. ¿Por qué te marchaste antes que él? ¿Tuvisteis una pelea de enamorados?

—Eso no es asunto tuyo —masculló ella.

Él no se alteró.

—Y tú no tenías por qué estar en un sitio como aquél —le dijo, mirándola de pies a cabeza—, siendo el tipo de mujer que eres.

—¿Y qué tipo de mujer soy?

—Vamos a dejarlo. Digamos sólo que tendría más oportunidades sin ti.

Después de decir aquello, se sacó un cuchillo de caza de la funda que llevaba en el cinturón. Rusty se preguntó si tendría intención de cortarle el cuello para librarse de la rémora que ella suponía. En vez de eso, él se volvió y comenzó a cortar las ramas más pequeñas del árbol para clarear un camino más accesible hacia el fuselaje.

—¿Qué vas a hacer?

—Tengo que sacarlos.

—¿A los demás? ¿Por qué?

—A menos que quieras tenerlos por compañeros de alojamiento.

—¿Vas a enterrarlos?

—Ésa es la idea. ¿Se te ocurre algo mejor?

No, por supuesto que no, así que no dijo nada.

Cooper Landry se abrió paso a través del árbol hasta que sólo quedaron las ramas más grandes. Resultaba más fácil pasar por encima de ellas o rodearlas.

Rusty lo ayudó, apartando las ramas a medida que él las cortaba.

—Entonces, ¿vamos a quedarnos aquí? —le preguntó al cabo de un rato.

—Por el momento sí.

Después de abrir el camino, entró al fuselaje y le hizo una señal para que ella entrara también.

—Tómalo por las botas, vamos.

Ella bajó la mirada hacia las piernas de uno de los hombres muertos. No podía hacerlo. No había nada en su vida que la hubiera preparado para algo así. No podía hacer algo tan grotesco.

Sin embargo, al mirar a los ojos fríos e implacables de Cooper Landry de nuevo, supo que él esperaba que lo hiciera sin ninguna discusión.

Uno por uno, fueron sacando los cuerpos de la avioneta. Él hizo la mayor parte del trabajo. Rusty le echó una mano cada vez que él se lo pedía, intentando distanciar la mente de aquella tarea tan espeluznante.

Ella había perdido a su madre cuando era adolescente, y dos años antes, su hermano había muerto también. Sin embargo, en ambas ocasiones, los había visto cuando yacían en un féretro forrado de satén, iluminados con luz suave, con flores y música de órgano. La muerte le había parecido algo irreal. Ni siquiera los cuerpos de su madre y su hermano eran reales para ella, sino que eran réplicas de la gente a la que había querido, maniquís creados a su imagen y semejanza por el encargado de la funeraria.

Aquellos cuerpos eran reales.

Mecánicamente, obedeció las órdenes que aquel tal Cooper Landry le impartía sin emociones ni inflexión en el tono de voz. Rusty pensó que debía de ser un robot. No parecía que sintiera nada mientras arrastraba los cuerpos hacia el suelo. Cuando terminó, apiló piedras sobre ellos.

—¿No deberíamos decir algo? —preguntó Rusty, mientras miraba aquel bárbaro montón de piedras grises, que tenían por objeto proteger los cuerpos de los animales que se acercaran a devorarlos.

—¿Decir algo? ¿Qué?

—Un fragmento de las escrituras. Una oración.

Él se encogió de hombros con indiferencia mientras limpiaba la hoja del cuchillo.

—No sé ningún fragmento de las escrituras, y hace tiempo que olvidé todas las oraciones.

Le dio la espalda a la tumba y volvió hacia el avión.

Rusty susurró una plegaria apresurada antes de seguirlo. Lo que más temía era quedarse sola. Si perdía de vista a aquel hombre, quizá la abandonara.

Sin embargo, no era probable, al menos no por el momento. Él estaba agotado, casi a punto de desmayarse.

—¿Por qué no te tumbas y descansas? —le sugirió ella. También se había quedado sin fuerzas hacía horas, y se mantenía en movimiento gracias a la adrenalina.

—Porque se va a hacer de noche rápidamente

—respondió él—. Tenemos que quitar los asientos de la avioneta para hacer sitio y poder tumbarnos. De lo contrario, tendrás que pasar la noche al aire libre por primera vez en tu vida —respondió con sarcasmo Cooper mientras entraba en el fuselaje.

Un momento después, Rusty oyó que emitía una violenta imprecación. Después salió de la avioneta con el ceño fruncido.

—¿Qué ocurre?

Él extendió la mano. Estaba húmeda.

—Combustible.

—¿Combustible?

—Combustible inflamable —respondió él con impaciencia—. No podemos quedarnos aquí. Con una sola chispa saldríamos disparados hasta China.

—Entonces, no haremos fuego.

Él la fulminó con la mirada.

—Cuando oscurezca, querrás tener una hoguera —dijo con desprecio—. Además, una chispa puede causarla cualquier cosa. Un trozo de metal arañando otro, y seremos historia.

—¿Y qué hacemos?

—Recogemos lo que podamos y nos vamos.

—Pensaba que sería mejor quedarse junto al avión. Los grupos de rescate buscarán la avioneta. ¿Cómo van a encontrarnos si nos alejamos?

—Si quieres quedarte, allá tú. Yo me voy. Pero será

mejor que te advierta que no hay agua cerca de aquí. Lo primero que voy a hacer por la mañana es buscar agua.

Aquella actitud arrogante de sabelotodo era insufrible.

—¿Y cómo sabes que no hay agua?

—No hay ninguna huella de animal por aquí. Supongo que podrías sobrevivir con el agua de la lluvia durante el tiempo que dure, pero quién sabe cuánto será eso.

—Está bien. Iré contigo —dijo ella finalmente, tragándose su orgullo. Él había comenzado a hacer un montón con las cosas que había recogido de la avioneta—. ¿Cómo puedo ayudar?

Él le señaló con un gesto de la cabeza el compartimiento del equipaje del avión.

—Busca por las maletas de todo el mundo. Toma todo lo que pueda resultarnos útil —le indicó, y le entregó varias llaves diminutas, que evidentemente, había tomado de los cuerpos antes de enterrarlos.

Ella miró recelosamente las maletas. Algunas ya se habían abierto a causa del accidente. Las pertenencias de las víctimas estaban en el suelo.

—Eso sería violar su intimidad... las familias se sentirán...

Él se volvió hacia ella con brusquedad.

—¿Quieres enfrentarte a la realidad? —la tomó por los hombros y la agitó—. Mira a tu alrededor. ¿Sabes cuántas posibilidades tenemos de salir vivos de esto? Yo te lo diré: ninguna. Pero antes de morir, voy a luchar con todas mis fuerzas. Es una costumbre que tengo.

Entonces, inclinó la cabeza hacia ella.

—Esto no es una excursión de domingo que haya salido mal. Esto es la supervivencia. Los buenos modales y la etiqueta no sirven. Si vienes conmigo, harás lo que yo te diga cuando te lo diga. ¿Lo entiendes? No hay tiempo para sentimientos. No llores por los que no han tenido la suerte de sobrevivir. Han muerto y ya no podemos hacer nada por ellos. Y ahora, mueve el trasero y haz lo que te he dicho.

Después la empujó y comenzó a reunir las pieles que los cazadores llevaban a casa como trofeos. Había pieles de caribú, de lobo blanco, de castor y de visón.

Rusty, conteniendo las lágrimas de mortificación y de angustia que estaban a punto de derramársele, comenzó a registrar las maletas tal y como le habían ordenado. Tenía ganas de golpearlo. Quería dejarse caer al suelo y llorar. Sin embargo, no iba a darle aquella satisfacción. Tampoco iba a proporcionarle una excusa para que la dejara allí. Probablemente, él se aferraría a la más pequeña.

Media hora después, ella apiló sus hallazgos junto a lo que había amontonado Cooper. Pareció que él aprobaba su selección, que incluía dos botellas de licor. Ella no supo identificarlo por el olor, pero a Cooper no le importaba mucho. Aparentemente, disfrutó del sorbo que tomó de una de las botellas. Ella observó el movimiento de su nuez mientras tragaba. Tenía un cuello fuerte y la mandíbula cuadrada. Típico, pensó ella, de las mulas obstinadas.

Él tapó la botella y la dejó junto a las cerillas, el costurero de viaje y la ropa extra que ella había reunido. Después dijo:

—Vamos. Será mejor que nos pongamos en marcha. ¿Sabes disparar? —le preguntó, tendiéndole un rifle de caza.

Rusty negó con la cabeza.

—Me lo temía —murmuró Cooper—. Pero de todos modos, puedes llevarlo.

Entonces, le enganchó el pesado rifle al hombro con la correa de cuero y él se colgó otro, seguramente el suyo, también del hombro. Después se metió una pistola en la cintura del pantalón y, al ver que ella lo miraba con cautela, le dijo:

—Es una pistola de bengalas. La encontré en la cabina. Mantén los oídos bien abiertos por si pasa cualquier avioneta de búsqueda. Y ahora, vamos.

Rusty miró una última vez, con tristeza, hacia

los restos de la avioneta, y después comenzó a caminar detrás de él. Su ancha espalda era un objetivo fácil de seguir. Se dio cuenta de que, con la mirada puesta entre sus clavículas, podía entrar en una especie de trance que la protegía del recuerdo de los cuerpos que habían dejado atrás. Quería sumirse en el olvido.

Siguió caminando, pero perdía energía a cada paso que daba. Parecía que se le acababan las fuerzas con alarmante rapidez. No sabía cuánto habían avanzado, pero no podía ser mucho, y sin embargo, le temblaban las piernas de fatiga. Ya ni siquiera apartaba las ramas de su camino, sino que, con indiferencia, permitía que la sacudieran al pasar.

La imagen de Cooper se hizo borrosa ante ella como si fuera un fantasma. Finalmente, se aferró a una de las ramas para intentar detener la caída.

—Cooper... Cooper —susurró.

Aterrizó con dureza en el suelo, pero fue un alivio poderse quedar tumbada en el suelo, por muy frío y húmedo que estuviera. Era un lujo poder cerrar los ojos.

Cooper murmuró una maldición mientras se quitaba la mochila y dejaba que la correa del rifle se deslizara por su brazo hasta el suelo. Sin contemplaciones, la giró hasta que estuvo tumbada boca arriba, y le abrió los párpados con los dedos gordos. Ella lo miró, sin saber que estaba muy pálida. Tenía los labios amoratados de color grisáceo.

–Siento retrasarte –dijo ella, vagamente sorprendida de que su voz sonara tan débil–. Sólo tengo que descansar unos minutos.

–Sí, sí, bien, Rusty… descansa –dijo él, pero al mismo tiempo, le desabrochaba el corchete del cuello del abrigo–. ¿Te duele en alguna parte?

–No, ¿por qué?

–Por nada.

Él le abrió el abrigo y metió las manos dentro. Las deslizó dentro de su jersey y comenzó a palparle el abdomen. ¿Estaba bien aquello?, se preguntó ella en medio del aturdimiento.

–Quizá tengas una hemorragia y no lo sepamos.

Aquellas palabras sirvieron para aclarárselo todo.

–¿Internamente? –preguntó ella con pánico, mientras intentaba incorporarse.

–No lo sé. No… ¡quieta!

Con un movimiento repentino, él apartó completamente ambas solapas del abrigo largo de Rusty y tomó aire. Rusty se incorporó, apoyándose en los codos, para averiguar por qué él había fruncido el ceño de aquella manera.

Tenía la pernera derecha del pantalón empapada en sangre. También tenía calado el calcetín y la bota de montaña.

—¿Cuándo te has hecho esto? —le preguntó él—. ¿Qué ha ocurrido?

Consternada, ella sacudió la cabeza.

—¿Por qué no me has dicho que estabas herida?

—No lo sabía —respondió ella débilmente.

Él sacó el cuchillo de caza y le cortó la tela del pantalón desde el bajo hacia arriba de un solo golpe, limpiamente, hasta la pernera elástica de su ropa interior. Asustada, ella respiró profundamente.

Cooper, mirándole la pierna, exhaló un suspiro de derrota.

—Demonios.

A Rusty comenzó a darle vueltas la cabeza y tuvo náuseas. Pensó que iba a desmayarse.

—Tranquila, tranquila —le dijo él. La tomó por los hombros y la obligó a tumbarse de nuevo—. ¿No te acuerdas de cuándo te hiciste esta herida? —le preguntó. Ella hizo un gesto negativo con la cabeza, y entonces él susurró—: Debió de suceder cuando el avión cayó.

—Yo no he sentido dolor.

—Estabas en estado de shock. ¿Cómo te sientes ahora?

Fue en aquel momento cuando ella percibió el dolor.

—No muy mal —respondió. Y, al darse cuenta de que él la estaba observando atentamente para saber si decía la verdad, insistió–: De veras, no me siento mal. Pero he sangrado mucho, ¿no?

–Sí –dijo él. Y, con una expresión grave, comenzó a rebuscar en el maletín de primeros auxilios–. Tengo que limpiarte la sangre para ver dónde está la herida.

Cooper abrió la mochila que ella había llevado a la espalda y sacó una camiseta de algodón suave para retirarle la sangre de la pierna. Rusty sintió la presión de sus manos, y casi nada más aparte de eso, mientras observaba el cielo a través de las ramas de los árboles. Quizá se hubiera apresurado al dar gracias a Dios por estar viva. Cabía la posibilidad de que se desangrara allí mismo sin que Cooper pudiera evitarlo. De hecho, posiblemente él se alegrara de librarse de ella.

Una imprecación suave la sacó de su macabro ensimismamiento. Rusty alzó la cabeza y se miró la pierna herida. A lo largo de toda la espinilla corría un profundo corte, desde la rodilla hasta justo por encima del borde del calcetín. Vio carne, músculo. Era repugnante, y no pudo evitar gemir.

–Túmbate, demonios.

Débilmente, Rusty obedeció.

–¿Cómo ha podido pasarme eso sin que yo lo notara?

–Probablemente, se abrió como la piel de un tomate a causa del impacto.

—¿Puedes hacer algo?
—Limpiar la herida con agua oxigenada.
—¿Me va a doler?
—Probablemente.

Sin prestar atención de la mirada llena de miedo de Rusty, él comenzó a limpiar el corte con ligeros golpecitos, valiéndose de un pedazo de camiseta de algodón y del peróxido. Rusty se mordió el labio para evitar gritar, pero tenía el rostro contorsionado de angustia. En realidad, la idea del agua oxigenada haciendo burbujas en medio de la herida era tan mala como el dolor.

—Respira por la boca si sientes ganas de vomitar —le indicó él—. Casi he terminado.

Rusty cerró los ojos con fuerza, y no volvió a abrirlos hasta que oyó el sonido de una tela rasgándose. Cooper estaba haciendo vendas con otra camiseta. Le vendó la pantorrilla con fuerza para evitar que la herida siguiera abriéndose.

—Por ahora, tendremos que conformarnos con esto —dijo, más para sí mismo que para ella. Después tomó de nuevo el cuchillo y le indicó—: Levanta las caderas.

Ella obedeció, evitando mirarlo a los ojos. Entonces, él cortó la pernera del pantalón alrededor del muslo de Rusty.

—No puedes caminar así.

—¡Sí puedo! —exclamó Rusty frenéticamente.

Tenía miedo de que la dejara atrás. Sin embargo, él se inclinó hacia ella, la tomó por los brazos y la ayudó a sentarse.

—Quítate el abrigo y ponte esa chaqueta de esquiar.

Sin discusión, ella dejó que el abrigo de piel se le deslizara por los hombros. Con el hacha que había tomado de la cabina de la avioneta, Cooper cortó tres ramas fuertes y las limpió. En silencio, Rusty observó cómo formaba una hache, aunque con el palo central más alto de lo normal. Él ató las intersecciones con correas de cuero, que había tomado de las botas de los hombres a los que habían enterrado. Después tomó el abrigo de piel y colocó cada una de las mangas sobre los palos más largos. Rusty se encogió cuando él cortó la piel y el forro de satén e hizo un agujero al final de su precioso abrigo de piel de zorro.

Entonces, él la miró.

—¿Qué pasa?

Ella tragó saliva al darse cuenta de que él la estaba poniendo a prueba.

—Nada. El abrigo era un regalo, eso es todo.

Cooper la observó durante unos segundos antes de hacer un agujero similar en el otro lado del abrigo. Entonces, pasó los palos por los agujeros. El resultado fue unas parihuelas más que rudimentarias. Sin embargo, Rusty estaba impresionada con la ingenuidad y la habilidad de aquel hombre. Y muy aliviada por el hecho de que él no tuviera en mente abandonarla ni deshacerse de ella.

Él puso la camilla en el suelo; después tomó a Rusty en brazos, la depositó cuidadosamente sobre el abrigo de piel y la tapó con más pieles.

—No vi a ningún animal parecido a esto allí arriba —dijo ella, pasando la mano sobre una piel suave y corta.

—*Umingmak*.

—¿Cómo?

—Así llaman los inuit a los bueyes almizcleros. Significa «el barbudo». No lo maté yo, sólo compré la piel. Es muy cálida —le explicó Cooper. Después de ajustarle la manta alrededor del cuerpo, añadió—: Si quieres, puedes quedarte aquí y permanecer tapada.

Él se incorporó y se enjugó el sudor de la frente con el dorso de la mano. Al rozarse el chichón de la sien, hizo un gesto de dolor. Rusty habría tenido que quedarse una semana en la cama si hubiera recibido un golpe como aquél; debía de estar causándole mucho dolor.

—Gracias, Cooper —le dijo suavemente.

Él se quedó inmóvil, la miró, asintió rápidamente y después comenzó a recoger todas las cosas. Puso ambas mochilas sobre la parihuela, junto a los rifles.

—Sujétalo todo, ¿de acuerdo?
—Sí. ¿Adónde vamos?
—Hacia el sureste.
—¿Por qué?
—Más tarde o más temprano, deberíamos dar con la civilización.
—Ah —dijo ella. No quería moverse de allí, porque sabía que el viaje iba a ser muy difícil—. ¿Puedo tomar una aspirina, por favor?

Él sacó el frasco, lo abrió y depositó dos aspirinas en la palma de la mano de Rusty.

—No podré tragarlas sin líquido.

Él emitió un sonido de impaciencia.

—Lo único que hay es brandy.
—Brandy, por favor.

Él le pasó una de las botellas y la observó. Rusty tomó un buen trago para tragarse las aspirinas. Se atragantó y tosió. Se le llenaron los ojos de lágrimas, pero con dignidad y aplomo, le devolvió la botella y dijo:

—Gracias.

Él sintió la necesidad de sonreír.

—Puede que no tengas sentido común, pero tienes agallas, eso sí.

Y aquello, pensó Rusty, era lo más parecido a un cumplido que iba a recibir de Cooper Landry. Él tomó los extremos de las ramas y se los ajustó bajo los brazos, y después, comenzó a caminar arrastrando la camilla.

Después de haber avanzado unos cuantos kilómetros, durante los cuales Rusty no pudo evitar que le chocaran los dientes con los golpes de su trasero sobre las piedras, ella se dio cuenta de que no iba a estar mucho mejor en aquella camilla de lo que habría estado caminando. Tenía que concentrarse para no deslizarse fuera de las pieles, y sabía que se le formarían hematomas en las nalgas. Ni siquiera se atrevía a pensar en lo que estaría sufriendo el forro de satén de su abrigo.

A medida que pasaba el tiempo, oscurecía y hacía más frío. Comenzó a caer nieve en forma de ligeros copos. Además, la pierna le dolía cada vez más, pero ella habría estado dispuesta a morderse la lengua antes de quejarse. Oía la respiración fatigosa de Cooper. Para él, las cosas tampoco eran fáciles. Si no fuera por ella, habría podido recorrer el triple de distancia en el mismo tiempo.

De repente se hizo de noche, y se volvió peligroso continuar avanzando por aquel terreno tan accidentado. Él se detuvo en un claro y soltó la camilla.

—¿Qué tal estás?

Ella no quería pensar en el hambre, la sed y el cansancio que estaba sufriendo.

—Bien.

—Sí, claro. ¿Cómo estás de verdad? —insistió Cooper. Se arrodilló a su lado y apartó las pieles que la cubrían. Rusty tenía el vendaje ensangrentado nuevamente. Rápidamente, él volvió a taparla—. Será mejor que nos detengamos para pasar la noche. Ahora que se ha puesto el sol, no sé en qué dirección avanzamos.

Él estaba mintiendo sólo para que ella se sintiera mejor. Rusty sabía que él habría continuado la marcha de no ser por ella. Sin embargo, Cooper rodeó el claro e hizo un montón con agujas de pino. Después extendió las pieles encima del montón y volvió por Rusty. La tomó en brazos y la depositó cuidadosamente sobre el lecho que había formado. Al tumbarse, ella suspiró de alivio. Cooper la tapó con las pieles.

—Encenderé una hoguera. No será grande, porque no hay leña seca, pero será mejor que nada, y nos ayudará a mantener a raya a los posibles visitantes.

Rusty se estremeció y se puso las pieles sobre la cabeza, para protegerse del pensamiento de los animales salvajes y de la helada precipitación que continuaba espolvoreando el suelo. Sin embargo, el dolor de la pierna, cada vez más intenso, no le permitía dormitar. Se sintió cada vez más inquieta, hasta que finalmente, sacó la cabeza de entre las pieles. Cooper había conseguido encender un fuego humeante, débil, y lo había rodeado de piedras para impedir que se extendiera.

Él la miró. Se abrió una de las muchas cremalleras que tenía su abrigo, se sacó algo de un bolsillo y se lo lanzó. Ella lo atrapó con una mano.

—¿Qué es?

—Una barra de cereales.

Al pensar en la comida, a Rusty comenzó a rugirle el estómago. Rasgó el envoltorio para meterse toda la barra en la boca, pero antes de hacerlo, se contuvo.

—No... no tienes por qué compartirla conmigo —dijo con un hilillo de voz—. Es tuya, y quizá la necesites más tarde.

—No, no es mía. La encontré en el bolsillo del abrigo de otro.

Pareció que él disfrutaba brutalmente al decirle aquello, dándole a entender que, si la barrita de cereales fuera suya, se lo pensaría dos veces antes de compartirla con ella.

Fuera cual fuera su intención, le había estropeado aquel momento. La barra le supo como serrín; Rusty masticó y tragó mecánicamente, en parte por la sed. Como si le estuviera leyendo la mente, Cooper dijo:

—Si no encontramos agua para mañana, tendremos problemas.

—¿Y crees que la encontraremos?

—No lo sé.

Ella se tendió entre las pieles pensativamente.

—¿Por qué crees que ocurrió el accidente?

—No lo sé. Supongo que por una combinación de cosas.

—¿Tienes idea de dónde estamos?

—No. Tendría una idea aproximada de no haber sido por la tormenta.

—¿Crees que nos salimos del rumbo?

—Sí, pero no sé cuánto.

—¿Habías estado en el Great Bear Lake antes?

—Una vez.

—¿Cuándo?

—Hace varios años.

—¿Cazas mucho?

—Un poco.

No era exactamente hablador, pero Rusty quería entablar conversación para distraerse del dolor de la pierna.

—¿Crees que nos encontrarán?

—Quizá.

—¿Cuándo?

—¿Qué te crees que soy, una enciclopedia? —le dijo él, desabridamente, y se puso en pie con brusquedad—. Deja de hacerme preguntas. No sé las respuestas.

—Sólo quería saber —respondió ella, quejumbrosamente.

—Bueno, pues yo también. Pero no lo sé. Ya te he dicho que las posibilidades de que nos encuentren son remotas, porque el avión se había apartado de su rumbo. Y ahora, cállate.

Rusty se quedó en silencio. Cooper recorrió el claro en busca de ramas secas. Añadió unas cuantas a la hoguera y, después, se acercó a ella.

—Deja que te vea la pierna.

Sin miramientos, apartó las pieles, y con habilidad, fue cortando los nudos del vendaje ensangrentado con su cuchillo de caza.

—¿Te duele?

—Sí.

—Bueno, no es de extrañar —dijo él con el semblante grave, mirando la herida. Su expresión no era precisamente reconfortante.

Mientras ella sujetaba la linterna, él volvió a limpiarle el corte con agua oxigenada y le puso un vendaje limpio. Cuando terminó, ella tenía los ojos rojos y los labios hinchados de mordérselos, pero no se había quejado ni una sola vez.

—¿Dónde aprendiste a hacer los vendajes tan bien?

—En Vietnam —respondió él en un tono cortante, que indicaba que no quería más preguntas al respecto—. Toma, otras dos aspirinas —le dijo, y después, él mismo tomó otras dos. Cooper no se había quejado, pero debía de tener un tremendo dolor de cabeza—. Y bebe unos tragos más de brandy. Creo que por la mañana lo vas a necesitar.

—¿Por qué?

—Por la pierna. Probablemente, mañana será el peor día. Después de eso, quizá empiece a mejorar.

—¿Y si no mejora?

Él no dijo nada. No era necesario.

Con las manos temblorosas, Rusty se llevó la botella de brandy a los labios y tomó unos cuantos sorbos. Las ramas de la hoguera habían prendido, y Cooper añadió algo más de leña. Sin embargo, no proporcionaba suficiente calor como para que él se quitara el abrigo, cosa que hizo. Y para sorpresa de Rusty, también se quitó las botas, y le dijo a ella que hiciera lo mismo. Después hizo un fardo con los abrigos y las botas y las metió al fondo de las pieles.

—¿Para qué es eso? —le preguntó Rusty. Ya tenía los pies helados.

—Si sudamos con las botas y comienza a hacer más frío, podemos congelarnos. Échate a un lado.

Rusty lo miró con aprensión.

—¿Eh?

Con un suspiro de impaciencia, él se tendió a su lado, obligándola a hacerle sitio bajo las pieles. Alarmada, ella exclamó:

—¿Qué haces?

—Echarme a dormir. Si te callas, claro.

—¿Aquí?

—No había alojamiento con camas separadas.

—Pero no puedes…

—Relájese, señorita… ¿cómo era?

—Carlson.

—Sí, señorita Carlson. El calor de nuestros cuerpos evitará que nos congelemos —sentenció Cooper. Se acurrucó contra ella y les cubrió las cabezas con las pieles, formando un refugio muy efectivo—. Ahora túmbate de costado.

—Vete al demonio.

—Mira, no quiero congelarme. Y tampoco quiero tener que cavar otra tumba para enterrarte, así que haz lo que te he dicho. Ahora.

Debía de haber sido oficial en Vietnam, pensó ella con sarcasmo mientras se tumbaba de costado. Él le rodeó la cintura con un brazo y la atrajo hacia sí, hasta que sus cuerpos estuvieron ajustados el uno al otro. Ella apenas podía respirar.

—¿Esto es estrictamente necesario?

—Sí.

—No voy a ir a ningún sitio, así que no tienes por qué poner el brazo ahí.

—Me sorprendes. Creía que te gustaría —dijo él, y le apretó la palma de la mano contra el estómago—. Eres una verdadera monada. ¿Acaso no esperas que todos los hombres se exciten cuando te ven?

—Suéltame.

—Con esa melena tan larga, de un color tan poco corriente.

—¡Cállate!

—Seguro que estás orgullosa de tu aspecto, y que los hombres te encuentran irresistible. Ese copiloto sí. Estaba salivando por ti. Casi tartamudeaba.

—No sé de qué estás hablando.

—Oh, sí, claro que sí. Debes de habértelo pasado muy bien dejando asombrados a todos los hombres de la avioneta cuando subiste, con el abrigo de piel, con esas mejillas tan sonrosadas y esa boquita tan sexy.

—¿Por qué estás haciendo esto? —le preguntó ella con un sollozo.

Él masculló una maldición, y cuando habló de

nuevo, su tono de voz no era de broma. Era de cansancio.

—Para que estés segura de que no voy a aprovecharme de ti durante la noche. Las pelirrojas nunca han sido de mi gusto. Además, todavía tienes el cuerpo caliente de tu amante. Teniendo en cuenta todas esas cosas, tu virtud está a salvo conmigo.

Rusty reprimió las lágrimas de humillación.

—Eres cruel y vulgar.

Él se rió.

—Ahora hablas de un modo tan ofendido que no me siento tentado a aprovecharme de ti, así que no te preocupes. Duérmete, ¿de acuerdo?

Ella tuvo que apretar los dientes para no responder a aquella grosería. Mantuvo el cuerpo rígido y puso una barrera entre ellos, aunque no física, sí mental. Intentó hacer caso omiso del calor corporal que desprendía Cooper, que le traspasaba la ropa, y de su respiración, que le rozaba el cuello cada vez que él exhalaba, y del poder oculto de sus muslos, que se adaptaba a su espalda. Poco a poco, y con la ayuda del brandy que había bebido, se relajó. Finalmente, se durmió.

Fue su propio gemido lo que la despertó. La pierna le latía dolorosamente.

—¿Qué ocurre?

Cooper tenía la voz ronca, pero Rusty no creía que fuera porque acabara de despertarse de un profundo sueño. Por instinto, supo que había estado tendido a su lado despierto.

—Nada.

—Dímelo. ¿Qué te pasa? ¿Es la pierna?

—Sí.

—¿Te sangra de nuevo?

—No, no creo. No la noto húmeda. Sólo me duele.

—Bebe algo más de alcohol.

Él se incorporó y tomó la botella de brandy, que había metido en el refugio con ellos.

—Ya estoy atontada.

—Bien. Entonces ha funcionado.

Cooper le colocó el cuello de la botella en los labios y la inclinó hacia arriba. Ella tuvo que beber, o se hubiera ahogado.

El potente licor trazó un camino de fuego hasta su estómago. Al menos, le hizo olvidarse durante unos segundos del dolor.

—Gracias.

—Abre las piernas.

—¿Perdón?

—Que abras las piernas.

—¿Cuánto licor has bebido?

—Hazlo.

—¿Para qué?

—Para que yo pueda meter las mías entre las tuyas.

Sin darle ocasión de protestar nuevamente, él deslizó la mano entre sus muslos y le hizo elevar la pierna herida. Metió las rodillas entre las de ella y, con suavidad, hizo que apoyara la pierna en las suyas.

—Así. Al mantenerla elevada, aligerarás la presión. Y además, evitaremos que te dé un golpe sin querer durante la noche.

Ella se había quedado demasiado estupefacta como para quedarse dormida inmediatamente. Era muy consciente de la cercanía de aquel hombre. Y había otra cosa que la mantenía despierta: la culpabilidad.

—Cooper, ¿conocías a alguno de los otros hombres?

—¿De los de la avioneta? No.

—Los hombres que iban en los dos asientos delanteros Eran hermanos. Mientras estaban pesando nuestro equipaje, oí que hablaban de reunir a sus familias para Acción de Gracias.

—No pienses en ello.

—No puedo evitarlo.

—Sí puedes.

—No, no puedo. No puedo dejar de preguntarme por qué estoy viva. ¿Por qué se me ha permitido vivir a mí? No tiene sentido.

—No tiene que tener sentido —respondió él con amargura—. Las cosas son así. Había llegado su hora, eso es todo. Ya ha acabado todo. Tienes que olvidarlo.

—No puedo.

—Oblígate.

—¿Es lo que has hecho tú?

—Sí.

Rusty se estremeció.

—¿Cómo puedes ser tan insensible con la vida de otros seres humano?

—Práctica.

Aquella palabra afectó a Rusty como si le hubieran dado una bofetada. Había sido pronunciada con crueldad, para hacer que se callara, y lo había conseguido. Sin embargo, no consiguió que dejara de pensar. Se preguntó a cuántos compañeros habría visto morir Cooper en Vietnam. ¿Docenas? ¿Cientos?

Ella también tenía práctica enfrentándose a la muerte, pero no tanta como él, aparentemente. No era algo que ella pudiera obviar, o descartar, con la mera fuerza de voluntad. Cuando pensaba en las personas a las que había perdido, sentía un profundo dolor.

—Mi madre murió de una apoplejía —le dijo en voz baja—. Su muerte fue casi un alivio. Habría quedado gravemente discapacitada. Tuve una semana para prepararme. Pero la muerte de mi hermano fue repentina.

Seguramente, Cooper no tendría ganas de oír nada de aquello, pero ella quería hablar de ello.

—¿Un hermano?

—Jeff. Murió en un accidente de tráfico hace dos años.

—¿No tienes más familia?

—Sólo mi padre —dijo ella, y tomó aire—. Era el hombre con el que estaba en la cabaña. Del que me estaba despidiendo. No era mi amante. Era mi padre.

Esperó una respuesta, pero no la obtuvo. Si él no hubiera tenido tan tenso el cuerpo, habría pensado que se había quedado dormido.

Finalmente, fue Cooper quien interrumpió el silencio.

—¿Qué va a pensar tu padre cuando le informen del accidente?

—¡Oh, Dios mío! —exclamó ella. Y en un acto reflejo, se aferró a la mano que él tenía posada en su estómago—. No había pensado en eso.

Se imaginaba la desesperación que sentiría su padre cuando supiera la noticia. Él había perdido a su esposa, y después a su hijo. Y también a su hija, finalmente. Quedaría devastado. Rusty no soportaba pensar en cómo iba a sufrir, y en la incertidumbre que sentiría al no saber qué había sido de ella. Esperaba que, tanto por sí misma como por su padre, los rescataran pronto.

—Me pareció un hombre de los que mueven los hilos —dijo Cooper—. Perseguirá a las autoridades hasta que nos encuentren.

—Tienes razón. Mi padre no descansará hasta que sepa lo que me ha ocurrido.

Rusty estaba segura de ello. Su padre era un hombre poderoso. Era dinámico, y tenía el talento y los medios para hacer las cosas. Su reputación y su fortuna moverían rápidamente todo el papeleo. El hecho de saber que no dejaría piedra que levantar para buscarla le hizo sentir optimismo.

También se había quedado sorprendida al descubrir que Cooper no era tan impermeable y tan encerrado en sí mismo como parecía. Antes de que subieran a la avioneta, él se había mantenido distante de los demás. No se había mezclado con nadie; sin embargo, parecía que lo había notado todo. Aparentemente, su compañero era un observador agudo de la naturaleza humana.

La naturaleza estaba burlándose de él en aquel

momento. Mientras estaba hablando, Rusty notó nerviosamente su sexo contra la nalga. Sin poder evitarlo, soltó:

—¿Estás casado?

—No.

—¿Lo has estado?

—No.

—¿Tienes alguna relación seria?

—Mira, yo tengo las relaciones sexuales que necesito, ¿de acuerdo? Y sé por qué de repente tienes tanta curiosidad. Créeme, yo también lo siento, pero no puedo hacer nada para evitarlo. Me temo que las alternativas que se me vienen a la cabeza nos avergonzarían a los dos.

Rusty se ruborizó.

—Ojalá no hablaras así.

—¿Cómo?

—Tan groseramente.

—Acabas de salir de un alojamiento de caza. ¿Acaso no has oído bromas picantes? ¿No has oído comentarios subidos de tono? Creía que ya estarías acostumbrada a este lenguaje.

—Bueno, pues no lo estoy. Y, para tu información, sólo fui a ese viaje de caza por mi padre. Yo no me lo he pasado muy bien.

—¿Te obligó a ir?

—Claro que no.

—¿No te persuadió para que fueras, a cambio del abrigo de pieles, quizá?

—No —respondió ella con irritación—. El viaje fue idea mía. Yo se lo sugerí.

—¿Y elegiste ir al norte al azar? ¿Por qué no a Hawai? ¿O a St. Moritz? Se me ocurren otros miles de lugares donde tú habrías encajado mejor.

El suspiro de Rusty fue una admisión de que él la había encasillado correctamente en aquel sentido. En una partida de caza mayor, ella estaba fuera de lugar.

—Mi padre y mi hermano siempre iban de caza juntos durante cuatro semanas al año. Era una tradición familiar —llena de remordimientos, Rusty cerró los ojos—. Mi padre no había vuelto a cazar desde que murió Jeff. Pensé que le vendría bien este viaje. Yo fui la que insistí en que fuera. Como no estaba del todo convencido, le dije que yo lo acompañaría.

De nuevo, Rusty esperó algún tipo de comentario comprensivo, pero lo único que oyó fue un gruñido.

—Cállate, ¿quieres? Estoy intentando dormir un poco.

—Quieta, Rusty.

La voz de su hermano resonó entre sus sueños.

Estaban peleándose, como sólo los hermanos pueden pelearse. Jeff y ella se querían mucho; apenas se llevaban un año de edad. Desde que Rusty comenzó a caminar, habían sido amigos inseparables. Para disfrute de su padre y consternación de su madre, a menudo se habían enzarzado en combates ruidosos que siempre terminaban en carcajadas.

Sin embargo, la voz de Jeff no tenía un tono de diversión en aquel momento; la agarró por las muñecas y se las sostuvo por encima de la cabeza.

—Quieta —le dijo, agitándola ligeramente—. Vas a hacerte daño si sigues moviéndote así.

Ella se despertó, pero al abrir los ojos, no fue la adorada cara de su hermano lo que vio, sino la de aquel hombre. El Solitario. Estaba contenta de que él estuviera vivo, pero no era santo de su devoción. ¿Cómo se llamaba? Ah, sí, Cooper... Cooper algo. O algo Cooper.

—Estate quieta —le ordenó él.

—Suéltame.

—¿Estás bien?

Ella asintió.

—Sí. Por favor, suéltame.

Entonces, él la liberó. Ella tomó aire profundamente y se estremeció. Al instante, comenzaron a castañetearle los dientes. Cooper frunció el ceño con preocupación. O con enfado; Rusty no supo distinguirlo. O estaba enfadado, o preocupado.

—Estás ardiendo de fiebre —le dijo él—. He salido de la cama para avivar el fuego. Estabas delirando, y comenzaste a llamar a gritos a un tal Jeff.

—Mi hermano —dijo ella, temblando inconteniblemente, e intentó envolverse en una de las pieles.

Cooper se acercó a ella y le destapó la pierna. De nuevo, deshizo el vendaje y miró la herida abierta. Rusty lo miró a él.

Finalmente, se dirigió a ella con seriedad.

—No quiero engañarte. Tiene mal aspecto. Se te ha infectado. Hay un frasco de antibióticos en el maletín de primeros auxilios. Estaba guardándolos por si ocurría esto, pero no sé si serán los adecuados para curar esta infección.

Ella intentó humedecerse los labios, pero no lo consiguió, porque la fiebre le había resecado la boca.

—Podría gangrenárseme y causarme la muerte, ¿no?

Él esbozó una media sonrisa forzada.

—Todavía no. Tenemos que hacer todo lo posible por evitar eso.

—¿Amputármela?

—Dios, eres morbosa. Lo que había pensado era limpiar todo el pus y coserte la herida.

Ella palideció.

—Eso suena muy morboso, también.

—No tanto como cauterizarla. Lo cual también podría suceder —dijo él. Ella se quedó completamente blanca—. Pero por el momento, vamos a darte unos cuantos puntos. Y no pongas esa cara de alivio. Va a dolerte mucho.

Ella lo miró fijamente a los ojos. Por muy extraño que fuera, y por muy desagradable que hubiera sido su comienzo, confiaba en él.

—Haz lo que tengas que hacer.

Él asintió y se puso manos a la obra. Primero, sacó unas medias de la mochila de Rusty.

—Me alegro de que tengas ropa interior de seda —dijo Cooper.

Ella sonrió temblorosamente ante aquella broma, mientras él comenzaba a deshacer la prenda por la cintura.

—Usaremos estos hilos para la sutura —le explicó, y señaló la botella de brandy con un gesto de la cabeza—. Será mejor que empieces a beber. Trágate una de esas pastillas de penicilina. No eres alérgica, ¿verdad? Bien —dijo ante la negativa de Rusty—. Bebe despacio, y no pares hasta que estés borracha. Pero no te lo bebas todo. Tendré que esterilizar los hilos y la herida con el resto.

Ella no estaba lo suficientemente anestesiada cuando él se inclinó sobre su pierna. Aquél fue un proceso agonizante, que pareció eterno. Cuando, finalmente, él derramó el brandy por toda la herida, Rusty gritó. Después de que le limpiara el corte con el cuchillo de caza, que también había esterilizado en el fuego, los puntos no le parecieron tan malos. Él usó una de las agujas de coser del pequeño costurero de viaje que Rusty había recogido de la avioneta. Limpió todos los hilos con el brandy y le cosió la herida para unir ambos bordes del corte.

Rusty lo miraba fijamente a las cejas. Pese al frío, él tenía la frente cubierta de sudor. Cooper nunca apartaba los ojos de su trabajo, salvo para mirar de vez en cuando a Rusty. Él era sensible a su dolor, incluso comprensivo. Tenía unas manos sorprendentemente tiernas para ser un hombre tan grande.

Finalmente, aquel punto entre las cejas de Cooper comenzó a desenfocarse. Aunque ella aún estaba tumbada, la cabeza le daba vueltas a causa del dolor y el trauma, y los efectos del brandy. No quería perder el conocimiento, pero finalmente perdió la batalla y cerró los ojos.

Su último pensamiento consciente fue que iba a ser una pena el hecho de que su padre nunca supiera lo valiente que había sido hasta el momento de su muerte.

—Bien —dijo Cooper, sentándose en el suelo mientras se enjugaba el sudor de la frente—. No es bonito, pero creo que funcionará.

Entonces la miró con una sonrisa de satisfacción y optimismo. Sin embargo, ella no vio aquella sonrisa. Estaba inconsciente.

Cuando se despertó, se sintió verdaderamente sorprendida de seguir viva. Al principio, pensó que había anochecido, pero después alzó la cabeza y cuando la piel con que se cubría se le deslizó de la cabeza, percibió la luz del día. No sabía exactamente qué hora era, sin embargo. El cielo estaba cubierto.

Con miedo, esperó a que el dolor de la pierna penetrara en su consciencia, pero no lo sintió. Estaba mareada por el brandy que había consumido, pero consiguió incorporarse. Le costó un gran esfuerzo apartarse las pieles de la pierna. Por un horrible momento, pensó que quizá no sintiera dolor porque, después de todo, Cooper había tenido que amputársela.

Sin embargo, tenía la pierna intacta, envuelta en

vendas blancas de algodón. No tenía manchas de sangre. Rusty se sintió mucho mejor.

El esfuerzo de sentarse, no obstante, la había dejado exhausta, y cayó de nuevo entre las pieles, abrigándose con ellas hasta la barbilla. Tenía la piel caliente y seca, pero aún estaba helada. Tenía fiebre. Quizá debiera tomar otra aspirina, pero, ¿dónde estaban? Cooper lo sabría. Él…

¿Adónde estaba Cooper?

Su letargo se desvaneció, y volvió a sentarse de nuevo. Frenéticamente, pasó la mirada por todo el claro. No había ni rastro de él. Se había ido, y se había llevado su rifle. El otro permanecía a su lado, a su alcance. El fuego aún tenía brasas encendidas e irradiaba calor.

Pero su protector la había abandonado.

Intentando controlar la histeria, se dijo que estaba llegando a conclusiones apresuradas. Él no haría algo así. No, a menos que fuera un canalla. Cooper Landry era duro, cínico, pero no carecía de sentimientos. Si así fuera, la habría abandonado el día anterior.

Entonces, ¿dónde estaba?

Quizá sólo hubiera permanecido con ella lo suficiente como para proporcionarle las condiciones necesarias para que sobreviviera, y se hubiera marchado para intentar salvarse a sí mismo. Era el que más condiciones tenía para conseguirlo, después de todo.

Bien, pues ella moriría. Si no moría de fiebre, moriría de sed, o de frío. No tenía comida ni refugio.

¡No estaba dispuesta a rendirse!

De repente, se sintió furiosa con él por haberse marchado y haberla dejado así. Le demostraría que Rusty Carlson no era una inútil ni una cobarde.

Lo primero que debía encontrar era comida y agua. Seguramente, más allá de los árboles que rodeaban al árbol habría animales y alguna fuente. Para encontrarlos tenía que ponerse en pie. Le parecía una hazaña imposible, pero apretó los dientes con determinación para conseguirlo.

Estirándose todo lo que pudo, tomó uno de los troncos del fuego y lo atrajo hacia sí. Se apoyó en él y se alzó sobre una rodilla, manteniendo la pierna herida estirada ante ella. Después se detuvo a recuperar el aliento, que formaba nubes de vapor ante su cara.

Repetidamente, intentó ponerse en pie sin conseguirlo. Estaba muy débil y se sentía mareada. Maldito Cooper Landry.

Hizo un esfuerzo final y apoyó todo el peso en la pierna izquierda; entonces, consiguió ponerse en pie, pero todo comenzó a dar vueltas a su alrededor. Cerró los ojos para mantener el equilibrio, y cuando pudo abrir los ojos, emitió un grito de asombro. Cooper estaba al otro lado del claro.

—¿Qué demonios estás haciendo? —le gritó.

Dejó todo lo que llevaba en las manos, incluyendo el rifle, y corrió hacia ella. La tomó en brazos y, rápidamente, volvió a tenderla en la camilla y la tapó con las pieles.

—¿Qué querías hacer?

—Encontrar... iba a buscar agua —respondió ella sin poder dejar de temblar.

Él soltó un juramento. Le puso la palma de la mano sobre la frente para comprobar su temperatura.

—Estás tan fría que casi estás de color azul. No vuelvas a intentar hacer otra tontería, ¿entiendes? Mi trabajo es encontrar agua, y el tuyo es reposar. ¿Entendido?

Continuó mascullando palabras malsonantes mientras se volvía a avivar el fuego. Cuando las llamas comenzaron a danzar ante ellos, atravesó el claro y recogió lo que había dejado caer: un conejo muerto y un termo que había rescatado del accidente. Lo destapó, vertió agua en el vaso de la tapa y se arrodilló junto a Rusty.

—Toma. Seguro que tienes la garganta seca e irritada. Pero no bebas demasiado deprisa.

Ella alzó las manos y se llevó el vaso a los labios agrietados. El agua estaba tan fría que le hizo daño en los dientes, pero no le importó. Tomó tres grandes tragos antes de que Cooper le quitara la taza.

—He dicho que no bebas deprisa. Hay mucha agua.

—¿Has encontrado una fuente? —preguntó ella.

—Sí. Hay un riachuelo a doscientos metros, por allí —respondió Cooper, y le indicó la dirección con la cabeza—. Debe de ser un afluente del Mackenzie.

Entonces, Rusty miró el conejo, que estaba en el suelo, junto a la bota de Cooper.

—¿Y le has disparado al conejo?

—No, lo maté con una roca. No quería gastar balas a menos que fuera imprescindible. Voy a quitarle la piel y a cocinarlo. Podemos... oh, demonios. ¿Qué te pasa?

Rusty, para su consternación, estalló en sollozos. Se cubrió la cara con las manos y, pese a que estaba deshidratada, no pudo evitar que las lágrimas se le derramaran entre los dedos.

—Mira, era él o nosotros —dijo Cooper con inquietud—. Tenemos que comer. No puedes ser tan...

—No es por el conejo —balbuceó ella.

—Entonces, ¿qué? ¿Te duele la pierna?

—Creía que... me habías abandonado aquí. Que me habías dejado por la pierna. Y quizá deberías hacerlo. Te estoy retrasando. Seguro que habrías avanzado mucho más y estarías a salvo de no ser por mí.

Rusty intentó seguir hablando entre hipos.

—En realidad, la pierna no es lo malo, sino que yo soy un desastre en este tipo de situaciones. Odio la vida al aire libre. Ni siquiera me gustaba ir de campamento cuando era pequeña. Tengo frío y miedo, y me siento culpable por quejarme cuando yo estoy viva y todos los demás han muerto.

Entonces, ella tuvo otro ataque de llanto que le sacudió el cuerpo. Cooper exhaló un suspiro de resignación, se agachó junto a ella y la abrazó. Le tomó los hombros con sus enormes manos. La reacción inicial de Rusty fue ponerse muy tensa e intentar apartarse de él. Sin embargo, Cooper no la soltó, sino que la apretó contra su torso. La promesa de consuelo era demasiado como para que Rusty pudiera resistirse. Se derrumbó contra su pecho y se agarró a su grueso abrigo de caza.

Él olía a una esencia limpia y fresca de pino, y a hojas húmedas y a fuego. En aquel estado adormecido y débil, para Rusty él fue como un héroe del cuento de un niño. Poderoso. Fuerte. Fiero pero benévolo. Capaz de matar a cualquier dragón. El hecho de estar entre sus brazos le proporcionó la primera sensación de seguridad que había tenido desde el accidente.

Finalmente, Rusty se calmó. Sus lágrimas se secaron. No había excusa para que Cooper siguiera abrazándola, así que ella se apartó, avergonzada, con la cabeza hundida. Pareció que él no quería soltarla, pero finalmente lo hizo.

—¿Te sientes mejor? —le preguntó con la voz ronca.

—Sí, muchas gracias.

—Será mejor que prepare el conejo. Túmbate.

—Estoy cansada de estar tumbada.

—Entonces, vuelve la cabeza. Quiero que puedas comer un poco, y me temo que no lo harás si me ves limpiar al animal.

Él se llevó el conejo al extremo del claro, lo puso sobre una roca plana y comenzó a despellejarlo. Rusty apartó la mirada.

—Sobre eso es sobre lo que discutimos —dijo ella.

—¿Quiénes?

—Mi padre y yo. Él había matado un carnero. Era un animal precioso. Yo lo sentí por él, pero fingí que estaba entusiasmada por la pieza. Mi padre contrató a uno de los guías para que le quitara la piel en aquel mismo lugar. Y quiso supervisarlo para asegurarse de que el guía no le estropeara el trofeo —dijo ella—. Yo no pude mirar. Me revolvía el estómago. Mi padre... creo que se disgustó. Le decepcioné.

Cooper se estaba limpiando las manos con un pañuelo que había empapado con el agua del termo.

—¿Porque no podías soportar ver cómo despellejaban al animal?

—No es sólo eso. Eso fue la gota que colmó el vaso. Resultó que yo tenía muy buena puntería, pero era incapaz de dispararle a ningún animal. No me gustaba nada —afirmó, y después añadió suavemente, como para sí misma—: No soy aficionada a este tipo de cosas, como lo era mi hermano. No soy una buena cazadora.

—¿Y tu padre esperaba que lo fueras?

Cooper había atravesado el conejo con un palo y lo había puesto sobre el fuego.

—Creo que sí.

—Entonces era un ingenuo. Tú no estás equipada físicamente para ser cazadora.

Su mirada cayó sobre el pecho de Rusty. Y permaneció allí un instante. Rusty sintió calor, y notó cómo se le endurecían los pezones.

Aquella reacción la sorprendió enormemente. Por instinto, quiso cubrirse los senos con las manos hasta que recuperaran la normalidad, pero él continuaba mirándola, así que no pudo. No se atrevió a moverse en absoluto, porque temió que, si lo hacía, se rompería algo muy frágil, algo que no podría repararse. Cualquier movimiento imprudente sería desastroso e irrevocable.

Él apartó la mirada y la fijó en el fuego. El momento pasó, pero no se hablaron durante un largo rato. Rusty cerró los ojos y fingió que se quedaba dormida, pero estuvo observándolo mientras él trabajaba y organizaba lo que parecía una hoguera de campamento. Afiló el hacha con una piedra y comprobó el asado, dándole vueltas varias veces en el palo.

—¿Quieres comer ya? —le preguntó cuando la comida estaba lista.

—Eso es un eufemismo —respondió ella.

Cooper la ayudó a sentarse.

—Lleva enfriándose uno o dos minutos. Creo que debería estar listo.

Sacó el conejo del palo, separó una de las patas del cuerpo y se la ofreció a Rusty. Ella la tomó y se la llevó a la boca. Le dio un bocado, masticó y tragó rápidamente.

—No tan deprisa —le advirtió él—, o vomitarás.

Ella asintió y tomó otro bocado. Con un poco de sal, no habría estado nada mal.

—Hay restaurantes muy buenos en Los Ángeles que tienen conejo en el menú —dijo Rusty al cabo de un rato, tratando de entablar conversación.
—¿Vives en Los Ángeles?
—Sí, en Beverly Hills.
Él la observó a la luz del fuego.
—¿Eres actriz, o algo así?
—No, no soy actriz. Mi padre tiene una empresa inmobiliaria. Tiene sucursales por toda California. Yo trabajo para él.
—¿Y se te da bien?
—He tenido mucho éxito.
—Es lo normal, siendo la hija del jefe.
—Yo trabajo mucho, señor Landry. El año pasado tuve el número más alto de ventas de toda la empresa.
—Bravo.
Molesta por el hecho de que él no se sintiera impresionado, le preguntó con malicia.
—¿Y a qué te dedicas tú?
—Tengo un rancho.
—¿Con ganado?
—Sí. Caballos, principalmente.
—¿Dónde?
—En Rogers Cap.
—¿Dónde está eso?
—En Sierra Nevada.

—No había oído hablar de ese lugar.
—No me extraña.
—¿Y te ganas la vida sólo con el rancho?
—Me va bien.
—¿Está cerca de Bishop? ¿Va la gente a esquiar allí?
—Tenemos unas cuantas pistas. Son difíciles incluso para los buenos esquiadores. Personalmente, yo creo que algunas son de las más impresionantes de todo el continente.
—Entonces, ¿por qué nunca había oído hablar de ese lugar?
—Es un secreto muy bien guardado, y queremos que siga siéndolo. No hacemos publicidad.
—¿Por qué? Si se encarga de ello una buena constructora, podríais llevar a cabo un buen proyecto en Rogers Cap. Si tiene tan buenas pistas, podría convertirse en otro Aspen.
—Que Dios no lo permita —murmuró él—. Ésa es la cuestión. No queremos ponerlo en el mapa. No queremos que nuestras montañas se llenen de viviendas de cemento, ni que nuestra pacífica comunidad se vea invadida por un montón de esquiadores maleducados y desconsiderados de Beverly Hills, que están más interesados en lucir sus modelitos de Rodeo Drive que en conservar el medio ambiente y el paisaje.

—¿Y todo el mundo piensa del mismo modo en tu pueblo?

—Afortunadamente, sí, o no vivirían allí. Lo que más apreciamos es el paisaje y la tranquilidad.

Ella lanzó los huesos del conejo a la hoguera.

—Pareces un vestigio de los sesenta.

—Lo soy.

Ella le lanzó una mirada divertida.

—¿Acaso eras un hippie de los que defendían la armonía universal? ¿Participaste en las protestas contra la guerra?

—No —respondió él secamente, y a Rusty se le borró la sonrisa de los labios—. Estaba impaciente por alistarme. Quería ir a la guerra. Era demasiado ignorante como para darme cuenta de que tendría que matar a gente, o que me matarían a mí. No había pensado en que podrían hacerme prisionero. Después de pasar siete meses en un agujero hediondo, me escapé, y volví a casa. Me recibieron como un héroe —dijo. Prácticamente, escupió aquella última frase. Después continuó con amargura—: Los chicos que había en aquel campo de concentración habrían matado por una comida como la que acabamos de tener, así que a mí no me impresiona el glamour de Beverly Hills, señorita Carlson.

Con aquello, dio por zanjada la conversación y se levantó bruscamente.

—Tengo que mirarte la pierna. Toma la linterna e ilumínate la herida —le ordenó.

Sin decir una palabra, ella obedeció. Él deshizo el vendaje y dejó a la vista una fila de puntos desiguales. Rusty lo miró, horrorizada, pero parecía que él estaba satisfecho con su obra.

—No hay ninguna señal de infección. La hinchazón ha desaparecido.

—La cicatriz —susurró ella con la voz ronca.

Él la miró.

—No podía hacer nada para evitar eso —respondió él con sequedad—. Alégrate por que no haya tenido que cauterizar la herida.

—Me alegro.

Él hizo un gesto de desprecio.

—Seguro que algún cirujano de Beverly Hills podrá arreglarte la cicatriz.

—¿Por qué tienes que ser tan detestable?

—¿Y por qué tienes que ser tan superficial? —replicó Cooper, y señaló con un dedo en dirección al accidente—. Estoy seguro de que cualquiera de esos tipos a los que hemos dejado en la avioneta se conformaría con una cicatriz como ésta.

Por supuesto, él tenía razón; pero eso no hizo que a ella le resultara más fácil aceptar aquella crítica. Rusty se sumió en un silencio malhumorado. Él volvió a rociarle la herida con agua oxigenada y a vendársela. Después le dio una píldora de penicilina y dos aspirinas. Rusty se las tomó con agua. No más brandy, gracias a Dios.

Había llegado a la conclusión de que la embriaguez la excitaba emocional y sexualmente. No quería pensar que Cooper Landry fuera algo más que un miserable. Tenía mal carácter; era un ogro con un gran resentimiento hacia el mundo. Si no dependiera de él para sobrevivir, no querría estar a su lado por nada del mundo.

Rusty ya se había acomodado bajo la pila de pieles cuando él se deslizó junto a ella y la abrazó, igual que la noche anterior.

—¿Cuánto tiempo tenemos que quedarnos aquí? —le preguntó de mal humor.

—No soy adivino.

—No te he pedido que me digas cuándo van a rescatarnos; me refería a esta cama. ¿No puedes hacer otro refugio de algún tipo? ¿Algo que nos permita movernos?

—¿El alojamiento no es del gusto de la dama?

Ella dejó escapar un suspiro de exasperación.

—Bah, olvídalo.

Después de un momento, él respondió.

—Hay unas rocas cerca del riachuelo, y una de ellas sobresale del terreno. Creo que allí podríamos hacer un vivaque. No será mucho, pero sí será más cómodo que esto. Y estará más cerca del agua.

—Yo te ayudaré —dijo ella.

En realidad, Rusty le agradecía a Cooper aquel refugio de pieles, y era consciente de que le había salvado la vida la noche anterior. Sin embargo, le resultaba desconcertante dormir tan cerca de él. Como Cooper se había quitado el abrigo, al igual que la noche anterior, ella sentía con toda claridad su pecho musculoso contra la espalda, y suponía que él también sentía a la perfección su cuerpo.

Rusty no podía pensar en otra cosa, mientras él encontraba un lugar cómodo para posar la mano, entre su pecho y su cintura. Incluso adaptó sus rodillas a las de ella e hizo que elevara de nuevo la pierna herida. Rusty iba a preguntarle si aquello era necesario, pero como se sentía mucho mejor así, lo dejó pasar sin hacer ningún comentario.

—¿Rusty?

—¿Mmm? —preguntó ella. Había notado la respiración de Cooper en la oreja, y la carne se le había puesto de gallina. Sin darse cuenta, se acurrucó más contra él.

—Despierta. Tenemos que levantarnos.

—¿Levantarnos? —gruñó ella—. ¿Por qué? Vuelve a taparnos. Me estoy helando.

—Eso es lo que ocurre. Estamos empapados. La fiebre ha remitido, y has sudado mucho. Si no nos levantamos y nos secamos, tenemos muchas posibilidades de sufrir congelación.

Ella se despertó por completo y lo miró. Él estaba completamente serio, apartando las pieles.

—¿Qué quieres decir?

—Levántate y desnúdate —le ordenó él, que ya se estaba desabotonando la camisa.

—¿Estás loco? ¡Hace muchísimo frío! —exclamó Rusty, y comenzó a taparse de nuevo. Cooper tiró de las pieles.

—¡Quítate la ropa ahora mismo!

Él se despojó de la camisa de franela y la colgó en el arbusto más cercano. Después se sacó el jersey de cuello alto por la cabeza y Rusty tuvo el primer atisbo del torso más bonito que hubiera visto en toda su vida.

Tenía los músculos duros como rocas, y tensos bajo la piel. Tenía los pezones oscuros del frío, y un vello suave que se le rizaba de un modo atractivo.

Tenía el cuerpo tan en forma que ella pudo contarle las costillas. Su estómago era plano como una tabla.

—Vamos, Rusty. Si no lo haces tú, te desnudaré yo mismo.

Aquella amenaza la sacó del trance. Mecánicamente, ella se quitó el jersey. Debajo, llevaba un jersey más fino, también de cuello alto. Rusty se lo quitó mientras él seguía librándose de los pantalones vaqueros. En segundos, quedó completamente desnudo, su silueta perfecta dibujada contra las llamas. Estaba tan maravillosamente construido que, al observarlo, a ella se le cortó la respiración.

Él colgó todas las prendas en los arbustos circundantes, y después tomó un par de calcetines de la mochila y comenzó a secarse el cuerpo rápidamente.

Después sacó ropa interior y se la puso, todo ello con una completa falta de pudor o de modestia.

Cuando se volvió hacia Rusty y se dio cuenta de que Rusty no se había movido, frunció el ceño con enfado.

—Date prisa, Rusty. Hace mucho frío aquí fuera.

Él tomó el jersey que ella se había quitado y lo colgó junto a su ropa. Mirándolo con ansiedad, ella comenzó a desnudarse. Al sentir el aire frío en el cuerpo, comenzó a temblar tan violentamente que no podía desabotonarse los pantalones.

—Vamos, deja que lo haga yo, o nos pasaremos aquí toda la noche.

Cooper se puso de rodillas y, con impaciencia, le apartó las manos. Después desabrochó el botón y le bajó la cremallera de los pantalones. Se los quitó y los lanzó al arbusto más cercano.

Sin embargo, se quedó inmóvil al ver algo que, con toda seguridad, no se esperaba. Ella llevaba unas braguitas muy femeninas y pequeñas. Durante un tiempo que a Rusty le pareció una eternidad, se quedó mirándolas, hasta que por fin murmuró con la voz ronca:

—Quítatelas.

Rusty sacudió la cabeza.

—No.

—Vamos, están mojadas. Quítatelas.

Sus miradas, tanto como sus voluntades, chocaron. Fue a causa del frío, tanto como por aquella mirada, por lo que Rusty se apresuró a quitarse la prenda mojada.

—Ahora sécate.

Él le entregó un calcetín de algodón como los que él había usado. Con la cabeza agachada, ella palpó con torpeza a su alrededor para encontrar la ropa interior que Cooper le ofrecía. No le ofreció uno de sus calzoncillos largos porque le habrían rozado la herida. Así que le dio unas braguitas similares a las que ella acababa de quitarse.

—Ahora, la parte de arriba.

El sujetador de Rusty era tan frívolo como las braguitas. La mañana en que había salido de la cabaña, rumbo al mundo civilizado, se había puesto ropa interior adecuada. Después de tener que llevar prendas térmicas durante varios días, se moría de ganas de hacerlo.

Se inclinó hacia delante y luchó con la trabilla del sujetador, pero tenía los dedos entumecidos de frío y no era capaz de abrirlo. Murmurando maldiciones, Cooper la rodeó y le desabrochó el cierre. El sujetador cayó hacia delante, y ella se quitó los tirantes de los brazos.

Bajo el bigote, Cooper tenía los labios apretados. Sólo se detuvo durante un segundo antes de comenzar a frotarle el cuerpo con el calcetín. Cuando terminó de secarle el sudor, le puso una camiseta térmica por la cabeza. Mientras ella estaba metiendo los brazos por las mangas, él apartó la piel húmeda de la camilla y la reemplazó por otra.

—No será tan suave, pero está seca —dijo.

—Estará bien —afirmó Rusty con la voz ronca.

Finalmente, estuvieron resguardados de nuevo bajo las pieles. Ella no se resistió cuando él la atrajo hacia su cuerpo. Estaba temblando incontrolablemente y le castañeteaban los dientes. Sin embargo, después de pocos minutos comenzó a sentir de nuevo calor. Ambos estaban experimentando sensaciones caóticas por lo que acababan de ver. Sus mentes estaban llenas de impresiones eróticas.

Estar entre sus brazos vestida había sido excitante; sin embargo, estar entre sus brazos llevando tan sólo ropa interior causó estragos en los sentidos de Rusty. Se le había pasado la fiebre, pero el cuerpo le ardía como un horno.

Notaba los muslos desnudos de Cooper contra las piernas, y aquélla era una sensación deliciosa. Como no llevaba sujetador, notaba agudamente su mano descansando justo debajo del pecho.

Él tampoco era inmune a aquella proximidad obligada. Había hecho un esfuerzo al reemplazar las pieles y cambiarse de ropa tan rápidamente, pero aquél no era el único motivo de que tuviera la respiración acelerada.

Ella notaba una prueba irrefutable de su excitación.

Por eso, susurró:

—No creo que necesite... eh... poner la pierna sobre las tuyas.

Él emitió un suave gemido.

—Ni hables de ello. Y, por el amor de Dios, no te muevas —dijo él, con una evidente consternación.

—Lo siento.

—¿Por qué? No puedes evitar ser bella más de lo

que yo puedo evitar ser un hombre. Supongo que tendremos que tolerarnos el uno al otro.

Ella cumplió su petición y no movió un músculo. Ni siquiera abrió los ojos, que ya tenía cerrados. Pero se durmió con una pequeña sonrisa. Sin darse cuenta, quizá, él le había dicho que pensaba que era bella.

Aquello provocó un cambio en su relación.

La intimidad obligada que compartieron aquella noche no los acercó. En vez de eso, creó un abismo de inquietud entre ellos. Su conversación de la mañana siguiente fue entrecortada, y evitaron mirarse directamente. Se vistieron de espaldas el uno al otro, y sus movimientos eran torpes.

Taciturno y retraído, Cooper le hizo unas muletas con un par de ramas, y Rusty se lo agradeció inmensamente. Le permitían moverse. Ya no tendría que continuar confinada en la camilla.

Cuando le dio las gracias, él se limitó a asentir y, un minuto después, se marchó al riachuelo a buscar agua.

Mientras él estuvo ausente, ella aprovechó el tiempo para acostumbrarse a las muletas y aprender a caminar por el claro.

—¿Cómo tienes la pierna? —le preguntó Cooper al volver.

—Muy bien. Me la he limpiado con agua oxigenada y me he tomado otra píldora de antibiótico. Creo que se me va a curar.

Bebieron del termo por turnos, y aquello pasó por el desayuno.

Después, Cooper dijo:

—Será mejor que comencemos a organizar hoy el vivaque.

Al despertarse, todo estaba cubierto de nieve. Aquella primera nevada era señal de que el invierno más crudo no tardaría en llegar. Era capital que tuvieran un refugio que usar hasta que los rescataran.

—¿Cómo puedo ayudar? —preguntó ella.

—Corta esa chaqueta de ante en tiras —le dijo él.

Señaló con la cabeza hacia la cazadora de una de las víctimas del accidente mientras le tendía un cuchillo.

—Necesitaré muchas para atar los palos unos con otros. Mientras tú haces eso, yo iré a ver si tenemos algo de comer.

Ella lo miró sin comprender, y él se lo explicó:

—Ayer puse unas cuantas trampas.

Rusty lo miró con aprensión.

—No irás lejos, ¿verdad?

—No demasiado lejos —respondió Cooper, echándose el rifle al hombro mientras se metía al bolsillo una caja de munición—. Volveré antes de que haya que avivar el fuego. Ten al alcance el cuchillo y el rifle. No he visto huellas de osos, pero nunca se sabe.

Y con aquello, se dio la vuelta y desapareció entre los árboles.

Rusty se quedó allí de pie, apoyada en las muletas, con el corazón acelerado de temor.

¿Osos?

Después de un momento, sacudió la cabeza para forzarse a reaccionar.

—No seas tonta —se dijo—. Sólo te ha contado eso para asustarte.

Entonces comenzó a rasgar con saña la cazadora de ante para intentar distraerse.

El estómago le rugía de hambre, y tuvo que beber agua varias veces para intentar aplacar el dolor. Sin embargo, el hecho de beber tanta agua provocó otro problema. Tuvo que levantarse nuevamente y, con ayuda de las muletas, buscó un sitio donde aliviarse.

Estaba en proceso de abrocharse nuevamente el botón del pantalón cuando oyó un movimiento cercano.

Movió la cabeza hacia el lugar donde había oído el ruido y escuchó atentamente.

Nada.

–Seguramente ha sido el viento –se dijo en voz alta–. O un pájaro. O Cooper que vuelve. Si me está gastando una broma, no se lo perdonaré nunca.

No hizo caso del siguiente ruido de matorrales, que fue más fuerte y cercano que el anterior, y se encaminó tan rápidamente como pudo hacia el campamento.

No estaba dispuesta a gimotear, así que apretó los dientes con fuerza mientras avanzaba.

Sin embargo, todo su valor se desvaneció cuando una forma se materializó de la nada entre los troncos de dos árboles, bloqueándole el camino. Vio aquellos ojos saltones, y la cara velluda, con una expresión de lujuria, y de su garganta salió un grito de terror.

Cooper tenía prisa por volver, pero decidió despellejar los dos conejos antes de hacerlo.

Se había dicho que no estaba poniendo a prueba la fortaleza de Rusty cuando había limpiado el otro animal en el claro, donde ella pudiera verlo.

Sin embargo, sabía perfectamente que eso era lo

que había hecho. Perversamente, quería que ella se estremeciera, que se pusiera histérica, que mostrara debilidad.

Pero ella no lo había hecho. Lo había soportado bien. Mucho mejor de lo que él hubiera imaginado.

Cooper echó a un lado las entrañas y comenzó a rascar la parte interior de las pieles. Más tarde, les resultarían útiles. Aquella piel era cálida, y siempre podría usarlas para hacerle a Rusty... Rusty. Otra vez. ¿Acaso no era capaz de pensar en otra cosa? ¿Acaso todos sus pensamientos tenían que volver hacia ella? ¿En qué momento se habían convertido en un par inseparable como Adán y Eva? ¿No podía pensar en uno sin pensar rápidamente en el otro?

Recordó lo primero que había pensado cuando había recuperado el conocimiento después del accidente. Había visto su rostro, enmarcado por aquellos rizos de color rojizo, y había maldecido en silencio.

Se había alegrado de estar vivo, pero no mucho. Había pensado que prefería estar muerto antes de tener que soportar a aquella mujer frívola, envuelta en pieles caras y bañada en perfume. Pensó que ella no tendría ni la más mínima oportunidad de sobrevivir.

Sin embargo, le había sorprendido. Pese a que la herida de la pierna debía de causarle mucho dolor, no se había puesto a lloriquear. No le había dado la lata por que sintiera hambre y sed, o frío, o miedo. Había sido fuerte y aún no se había derrumbado. A menos que las cosas empeoraran demasiado, dudaba que lo hiciera.

Por supuesto, aquello le causaba otro problema: muy poca gente había merecido su admiración, y Rusty Carlson era una de aquellas personas, por mucho que le costara reconocerlo.

Además, poco a poco se había dado cuenta de que estaba perdido en mitad de ninguna parte con una tentadora mujer, y que quizá estuvieran solos y dependieran el uno del otro durante una larga temporada.

Era una mujer que parecía un sueño. Tenía el pelo color canela y una voz que podía derretir la mantequilla. Aquello era lo que él pensaba cada vez que ella hablaba.

Era una broma cruel del destino, porque por mucha tentación que él pudiera sentir, no iba a tocarla. Nunca. Ya había conocido a otra así. Las mujeres como ellas seguían la moda; no sólo en el vestir, sino en todo.

Cuando había conocido a Melody, estaba de moda enamorarse de un veterano; y ella lo había querido hasta que había dejado de ser conveniente.

Si traspasaba la capa superficial de Rusty Carlson, encontraría a otra Melody. Rusty sólo le seguía el juego porque lo necesitaba para sobrevivir. Era un bocado delicioso, pero por dentro, probablemente, estaba tan podrida y era tan mala como Melody.

Tenía que dejar de pensar en ella. Tenía que dejar de recordar en lo suave que era su piel cuando por las noches apoyaba la mano en su cintura. Tenía que olvidar la forma de sus pechos y el color del vello de su cuerpo.

Mientras avanzaba por el bosque de vuelta al campamento, dejó escapar un gruñido. En cuanto construyera aquel refugio, ya no tendrían que estar tan próximos el uno al otro. Él mantendría los ojos y las manos…

Un grito desgarrador hizo que se quedara inmóvil.

Si se hubiera topado con un muro invisible, no se habría detenido tan bruscamente. Cuando el siguiente grito de Rusty atravesó el silencio, él, instintivamente, se metió en el papel de luchador de la jungla, con tanta facilidad como se cambiaban las marchas de un coche.

En silencio, se movió entre los árboles en dirección al grito, con el cuchillo en la mano.

—¿Quién... quién es usted? —preguntó Rusty, con la mano en la garganta, donde le latía el pulso aceleradamente.

En el rostro barbudo del hombre apareció una gran sonrisa. Volvió la cabeza y dijo:

—Eh, pa, quiere saber quién soy.

Otro hombre, una versión más vieja del primero, salió de entre los árboles. Los dos se quedaron mirando a Rusty con la boca abierta. Ambos tenían los ojos pequeños, oscuros y hundidos.

—Nosotros podríamos hacerte la misma pregunta —dijo el más viejo—. ¿Quién eres, chica?

—Yo... yo... soy una superviviente del accidente de la avioneta —respondió Rusty, y ellos la miraron con perplejidad—. ¿Se han enterado del accidente?

—No.

Ella señaló con un dedo tembloroso.

—Por allí. Sucedió hace dos días, y murieron cinco hombres. Yo tengo una herida en la pierna —explicó, mostrándoles las muletas.

—¿Hay alguna mujer más?

Antes de que ella pudiera responder, Cooper salió desde detrás del hombre mayor y le puso la hoja del cuchillo en la garganta. Agarró al extraño por el brazo, se lo retorció por la espalda y le subió la mano hasta los omóplatos. El rifle del hombre cayó al suelo.

—Apártate de ella o lo mataré —le ordenó al joven, que estaba anonadado.

Estaba mirando a Cooper como si fuera la reencarnación de Satán. Sin embargo, Rusty lo miraba con un inmenso alivio.

—He dicho que te apartes de ella —repitió Cooper, en un tono tan amenazante como su cuchillo. El hombre joven se alejó de Rusty—. Ahora, suelta el rifle —le ordenó Cooper.

El joven obedeció de mala gana.

Cooper envió lejos ambos rifles de una patada y después, poco a poco, fue disminuyendo la presión que ejercía en el brazo del hombre mayor.

—¿Rusty? —dijo—. ¿Cómo estás?

—Bien.

—¿Te han hecho daño?

—No, sólo me han asustado, y no creo que fuera intencionadamente.

Cooper no apartó los ojos de los hombres. Los miraba con un intenso recelo.

—¿Quiénes son?

Aquel ladrido tenía más autoridad que la débil

pregunta de Rusty. El hombre mayor le respondió al instante.

—Quinn Gawrylow y mi hijo, Reuben. Vivimos aquí —dijo—. Al otro lado del barranco —añadió, e hizo un gesto con la barbilla en dirección a su casa.

—¿Y por qué han atravesado el barranco?

—Olimos el humo de la hoguera anoche, y esta mañana hemos venido a investigar. Normalmente no vemos a otras personas en nuestro bosque.

—Nuestra avioneta sufrió un accidente.

—Eso es lo que dijo la señorita.

Rusty aprovechó para preguntar:

—¿A qué distancia estamos del pueblo más cercano?

—A ciento cincuenta kilómetros, más o menos —respondió el hombre—. Pero el río no está lejos.

—¿El Mackenzie?

—Exacto. Si llegan a él antes de que se hiele, podrán tomar un barco que llega hasta Yellowknife.

—¿A cuánto está el río? —preguntó Cooper.

—A quince o veinte kilómetros, más o menos, ¿no, Reuben?

El joven asintió sin apartar su lujuriosa mirada de Rusty. Cooper le clavó una mirada malevolente y peligrosa.

—¿Pueden llevarnos hasta allí?

—Sí —respondió Quinn Gawrylow—. Mañana.

Hoy les daremos de cenar y dejaremos que descansen —dijo, y miró a los conejos recién cazados que Cooper había tirado al suelo—. ¿Les gustaría venir a nuestra cabaña?

Rusty miró a Cooper con expectación. Su cara era una máscara mientras estudiaba atentamente a ambos hombres. Finalmente, dijo:

—Gracias. A Rusty le vendrá bien comer y descansar antes de comenzar la marcha. Vayan ustedes delante —les dijo, y con el rifle, señaló hacia su campamento.

Los hombres tomaron sus rifles, y Rusty notó que a Cooper se le tensaban los músculos en lo que debía ser un signo de precaución. Sin embargo, el padre y el hijo se pusieron las armas al hombro y se volvieron en la dirección que Cooper les había indicado. Cooper la miró y le habló en un susurro.

—No te alejes de mí. ¿Dónde está el cuchillo que te he dado?

—Lo dejé en el campamento cuando vine a...

—No lo sueltes.

—¿Qué te pasa?

—Nada.

—No parece que te hayas puesto muy contento al verlos. Yo estoy encantada. Ellos pueden ayudarnos a salir de aquí.

Él no respondió.

Los Gawrylow quedaron impresionados con las improvisaciones de Cooper. Los ayudaron a recoger sus cosas y apagaron el fuego.

El grupo, guiado por Quinn, tomó el camino hacia la cabaña. Cooper se quedó el último, para poder vigilar a los Gawrylow y a Rusty, que estaba haciendo un admirable progreso con las muletas.

Parecía que aquellos hombres tenían buenas intenciones, pero Cooper había aprendido a no confiar en nadie durante sus años en Vietnam.

Junto al riachuelo, se detuvieron a descansar.

—¿Cómo te sientes? —le preguntó Cooper a Rusty, mientras le tendía el termo de agua para que bebiera.

—Bien —respondió ella con una sonrisa forzada.

—¿Te duele la pierna?

—No. Sólo me pesa una tonelada.

—No puede quedar mucho. En la cabaña podrás descansar durante el resto del día.

Los Gawrylow esperaron pacientemente hasta que ella hubo recuperado el aliento y pudieron continuar la marcha.

—Cruzaremos por la parte más fácil —le dijo el mayor a Cooper.

Cuando llegaron, Quinn dijo:

—Es aquí. Yo guiaré. Reuben puede llevar a la mujer. Usted puede llevar sus cosas.

—Reuben puede llevar las cosas. Yo llevaré a la mujer —corrigió Cooper.

El hombre se encogió de hombros y le ordenó a su hijo que recogiera los paquetes de Cooper. Reuben obedeció, pero antes le lanzó a Cooper una mirada de desagrado.

Cuando padre e hijo se alejaron nuevamente, él se inclinó hacia Rusty y le susurró:

—No tengas reparos en usar el cuchillo —ella lo miró con alarma—. Por si acaso el buen samaritano se vuelve contra nosotros.

Después le puso las muletas sobre el regazo y la tomó en brazos.

Los Gawrylow ya estaban subiendo por el desfiladero; él los siguió con cuidado. Si se resbalaba y caía, Rusty caería con él. Ella intentó ser valiente, pero él sabía que la pierna debía de dolerle bastante.

—¿De verdad crees que nos rescatarán mañana, Cooper?

—Parece que hay posibilidades. Si llegamos al río y pasa algún barco —dijo él, con la respiración entrecortada.

Tenía la frente cubierta de sudor, y la mandíbula apretada.

—Necesitas afeitarte —dijo ella distraídamente, pero el comentario les dio a entender a los dos que había estado observándolo con atención.

Cuando Cooper la miró, ella sintió vergüenza y apartó los ojos.

—Siento pesar tanto.

—No es verdad. La ropa que llevas pesa más que tú.

Cuando llegaron a lo más alto del desfiladero, Quinn estaba mascando tabaco y Rusty se había quitado la gorra y se estaba abanicando con ella. Tenía el pelo oscuro, grasiento, pegado a la cabeza.

—Esperaremos hasta que descanse —dijo Quinn, refiriéndose a Rusty.

Cooper depositó a Rusty en el suelo cuidadosamente y la miró otra vez. Estaba muy pálida debido a la fatiga, y seguramente le dolía la pierna. Se había levantado algo de viento y hacía frío. Él quería tomarse las cosas con más tranquilidad, pero seguramente lo mejor era que estuviera bajo techo lo antes posible.

—No tenemos por qué esperar más. Vamos —dijo con tirantez.

Ayudó a Rusty a agarrar las muletas y notó que, al dar el primer paso, hacía un gesto de dolor. Sin embargo, se endureció para no sentir compasión y les dijo a sus anfitriones que estaban preparados para continuar.

Al menos, el recorrido hasta la cabaña a partir de aquel punto no tuvo ninguna dificultad. Cuando llegaron, sin embargo, Rusty estaba agotada. Se desplomó en el porche como si fuera una muñeca de trapo.

—Vamos a meter a la mujer a la cabaña —dijo Quinn mientras abría la puerta.

El interior de aquella casa era tan poco agradable como la guarida de un animal. Rusty miró a su alrededor con inquietud y temor. Le pareció que era mejor estar al aire libre que en un lugar como aquél.

Cooper no varió de expresión cuando la tomó en brazos y la llevó hasta el oscuro interior. La cabaña estaba muy sucia. Apestaba a lana húmeda, a grasa rancia y a hombres sucios. Su único mérito era el calor que proporcionaba la chimenea de piedra, en la cual ardían los rescoldos. Cooper dejó a Rusty en una silla y se acercó a avivar el fuego con el atizador, hasta que las llamas bailaron ante sus ojos.

Los Gawrylow entraron tras ellos. Reuben cerró la puerta, y ante la oscuridad, Rusty se estremeció.

—Debe de tener hambre —dijo Quinn, y se acercó a una estufa que había en un rincón. Levantó la tapa de una cacerola hirviente y miró dentro—. Parece que el estofado ya está. ¿Le apetece un poco?

Rusty estaba a punto de rechazar el ofrecimiento, pero Cooper respondió por los dos.

–Sí, por favor. ¿Y tiene un poco de café?

–Claro. Reuben, pon la cafetera al fuego.

El joven no había dejado de mirar a Rusty desde que había entrado en la cabaña y había dejado las cosas que portaba en el suelo, junto a la puerta. Cooper pensó, con inquietud, que para aquel hombre joven, Rusty debía representar la más salvaje de sus fantasías.

Reuben se dio la vuelta y puso la cafetera al fuego. En pocos minutos, Rusty y Cooper tenían platos llenos de un estofado con un aspecto bastante dudoso. Ella estaba segura de que era mejor no saber qué carne contenía aquel guiso. Masticó y tragó rápidamente. Al menos, estaba caliente y le llenaba el estómago.

El café estaba tan fuerte que tuvo que cerrar los ojos para tragarlo, pero consiguió beber la mayor parte.

Mientras comían, Cooper y ella tuvieron un público muy atento.

El hombre mayor tenía una mirada más sutil y observadora que la de su hijo. No perdía ni uno sólo de los movimientos que hacían.

–¿Están casados? –preguntó.

–Sí –respondió Cooper, mintiendo con naturalidad–. Desde hace cinco años.

Rusty tragó el último bocado que había tomado, con la esperanza de que los Gawrylow no notaran lo difícil que le estaba resultando comer. Se alegró de que Cooper hubiera respondido. Ella no creía que hubiera podido pronunciar una palabra.

—¿Hijos?

En aquella ocasión, Cooper se quedó callado, así que fue Rusty la que respondió.

—No —dijo, con la esperanza de que aquella respuesta fuera satisfactoria para su supuesto marido.

Después le preguntaría por qué había mentido, pero por el momento le seguiría el juego. Su recelo le parecía desproporcionado, pero de todos modos prefería aliarse con él que con los Gawrylow.

Cooper terminó de comer y dejó a un lado su plato y su taza. Miró a su alrededor por toda la cabaña.

—No tendrán un transmisor, ¿verdad? ¿Una radio?

—No.

—¿Han oído pasar alguna avioneta últimamente?

—No. ¿Y tú, Reuben? —le preguntó Gawrylow a su hijo.

El joven apartó la mirada de Rusty.

—¿Una avioneta? —preguntó estúpidamente.

—Tuvimos un accidente hace dos días —explicó

Cooper–. Se supone que ya se habrán dado cuenta, y pensé que quizá hayan enviado aviones a buscar supervivientes.

–No he oído pasar ninguna avioneta –dijo Reuben con brusquedad, y volvió a mirar a Rusty.

–¿Cómo se las arreglan para vivir tan lejos de la civilización? –les preguntó ella.

–Un par de veces al año vamos andando hasta el río y pedimos a quien pase que nos lleve a Yellowknife –respondió Quinn–. En abril y en octubre. Nos quedamos unos cuantos días, vendemos pieles, compramos los víveres que necesitamos y volvemos a casa. Esos son todos los tratos que queremos con el mundo exterior.

–¿Pero por qué? –preguntó Rusty.

–Estoy harto de las ciudades y de la gente. Yo vivía en Edmonton, trabajaba en un muelle de carga y descarga de mercancías. Un día, el jefe me acusó de robar.

–¿Y era cierto?

Rusty se quedó perpleja ante la audacia de Cooper, pero no pareció que Gawrylow se ofendiera por la pregunta. Se limitó a reírse socarronamente y a escupir el tabaco en el hogar.

–Era más fácil desaparecer que ir al juzgado a demostrar mi inocencia –dijo evasivamente–. La madre de Reuben había muerto. Así que él y yo nos marchamos. No nos llevamos nada salvo el dinero que teníamos y algo de ropa a la espalda.

—¿Hace cuánto tiempo sucedió eso?

—Hace diez años. Vagamos durante una temporada, y después, poco a poco, subimos hasta aquí. Nos gustó, y nos quedamos —prosiguió Quinn, y se encogió de hombros—. Nunca hemos tenido ganas de volver.

Así concluyó la historia. Rusty había terminado de comer, pero parecía que los Gawrylow estaban conformes con seguir mirándola a ella y a Cooper también.

—Si nos disculpan —dijo Cooper, después de un embarazoso silencio—. Me gustaría comprobar el estado de la herida de mi esposa.

Quinn llevó los platos a la pila y echó agua encima.

—Reuben, haz tus tareas.

Pareció que el joven iba a discutir, pero su padre le lanzó una mirada de advertencia, y él se dirigió hacia la puerta. Antes de salir, tomó su abrigo y la gorra. Quinn salió al porche y comenzó a amontonar leña contra la pared de la cabaña.

Rusty se inclinó hacia Cooper cuando él se arrodilló ante ella.

—¿Qué piensas?
—¿Sobre qué?

—Sobre ellos —respondió ella con aspereza.

Él tomó el bajo de sus pantalones entre los dedos y le hizo un corte a la tela, desde el tobillo hasta la rodilla de Rusty.

—¿Por qué has hecho eso? Es mi último pantalón. No me quedará ropa si sigues así.

Él alzó la cabeza y la miró con dureza.

—¿Preferirías quitártelos y que Reuben te viera con esas braguitas que llevas?

Ella abrió la boca, pero se dio cuenta de que no tenía nada que responderle, así que se quedó callada mientras él le desataba las vendas y observaba la herida y los puntos. Parecía que no había sufrido con la caminata, aunque a Rusty le dolía un poco. No podría mentirle, porque mientras él la desvendaba, no podía evitar hacer gestos de dolor.

—¿Te duele?

—Un poco, sí —admitió Rusty.

—No te levantes durante el resto del día. Quédate aquí sentada, o tumbada en la camilla que estoy a punto de hacerte.

—¿Camilla? ¿Y las camas? —Rusty miró hacia el otro lado de la estancia, donde había dos camas contra la pared—. ¿No crees que me ofrecerán una?

Él se rió.

—Estoy seguro de que a Reuben le encantaría que te acostaras en la suya, con él. Pero a menos que quieras tener piojos, te aconsejo que no lo hagas.

Ella tiró de la pierna para apartarla de él. Estaba claro que Cooper no podía ser amable. Sólo eran camaradas porque estaban obligados a serlo, pero no eran amigos.

La hora de dormir llegó por fin.

Aquella noche, un poco antes, habían compartido otra comida con los Gawrylow. Su conversación sobre el largo camino que había hasta el río Mackenzie prosiguió hasta después de que terminaran.

—No hay sendero, y es un terreno pedregoso, así que hay que marchar durante un día entero —les dijo Quinn.

—Nos marcharemos en cuanto amanezca —respondió Cooper.

En ningún momento había dejado que Rusty se alejara de su vista. En aquel momento, ella estaba sentada en una silla, y él estaba sentado a su lado, en el suelo, con un brazo apoyado con aire posesivo sobre su muslo.

—No necesitamos llevarnos muchas cosas. Sólo lo estrictamente necesario.

Quinn preguntó:

—¿Y la mujer?

Rusty notó que el bíceps de Cooper se contraía contra su pierna.

—¿Qué pasa con ella?

—Nos retrasará.

—Yo me quedaré aquí con ella, padre —se ofreció Reuben.

—No —dijo Cooper, en un tono de voz cortante—. Ella irá conmigo. No me importa lo lentamente que tengamos que viajar.

—A nosotros nos da igual —arguyó el viejo, encogiéndose de hombros como de costumbre—, pero pensaba que ustedes estarían impacientes por ponerse en contacto con sus familias y sus amigos. Deben de estar muy preocupados.

Rusty miró a Cooper.

—No me importa quedarme aquí —le dijo—. Si vas a avanzar más sin mí, lo más lógico es que me quede aquí. Tú puedes llamar a mi padre en cuanto tengas un teléfono a mano. Él enviará a gente que venga a buscarme. Todo esto puede haber terminado mañana por la noche.

Él observó su expresión de anhelo.

Ella habría ido con él y habría soportado estoicamente las dificultades del camino si se lo hubiera pedido. Sin embargo, Cooper sabía que no iba a ser fácil para ella caminar durante varios kilómetros de bosque con la pierna herida. Aunque no fuera culpa suya, los retrasaría mucho y tendrían que hacer noche en el bosque.

De todos modos, a Cooper no le satisfacía la idea de separarse de ella. Por muy batalladora que fuera, no podía defenderse efectivamente. Él le agarró la rodilla con suavidad, en un gesto protector.

—Vamos a esperar a ver cómo te encuentras mañana por la mañana.

Las siguientes horas pasaron con lentitud. Rusty comenzó a desesperarse: no había nada que leer, ni que escuchar, ni que mirar; uno podría esperar que aquellos dos ermitaños tuvieran cientos de preguntas que hacerles sobre el mundo que habían dejado atrás, pero no parecía que los Gawrylow tuvieran interés por otra cosa que no fuera su limitada existencia.

Rusty, que se sentía pegajosa y sucia, pidió tímidamente una palangana de agua. Reuben se apresuró a complacerla, y se tropezó mientras le llevaba el recipiente, haciendo que varias gotas de agua le cayeran a Rusty en el regazo.

Ella se subió las mangas del jersey hasta los codos y se lavó la cara y las manos con un jabón que llevaba en la mochila.

Se habría permitido el placer de echarse agua por la cara una y otra vez de no ser porque sentía que tres pares de ojos estaban clavados en ella. Cuando Cooper le lanzó una de sus camisetas de algodón a las manos, la aceptó con arrepentimiento y se secó.

Después tomó el cepillo del pelo y comenzó a cepillarse, pero tenía el pelo muy sucio y enredado. Estaba empezando a deshacerse los nudos cuando Cooper le quitó el cepillo de las manos y le dijo autoritariamente:

—Ya es suficiente.

Ella lo miró con asombro, a punto de protestar. Él se había estado comportando de una manera extraña durante todo el día, más de lo normal. Rusty quería preguntarle qué era lo que ocurría, por qué estaba tan irritable, pero la expresión pétrea de Cooper hizo que decidiera, sabiamente, que no era el momento idóneo para tener una discusión.

Después de un rato, todos se acostaron. Ella durmió con Cooper, como las dos noches anteriores, en una camilla que él había preparado con sus pieles. Él había declinado, con tacto, el ofrecimiento de usar la ropa de cama que Quinn les había ofrecido.

Cooper no curvó su cuerpo contra el de ella, tal

y como había hecho antes. Se tumbó de espaldas, con tensión, sin relajarse por completo, y sin dejar de vigilar.

—Deja de moverte —le susurró ella, después de media hora—. ¿Qué te pasa?

—Cállate y duérmete.

—¿Y tú por qué no te duermes?

—No puedo.

—¿Por qué?

—Cuando salgamos de aquí te lo explicaré.

—Explícamelo ahora.

—No tendría que hacerlo. Sólo tienes que prestar atención.

—¿Tiene algo que ver con el motivo por el que les has dicho que estamos casados?

—Tiene todo que ver con eso.

Ella reflexionó durante un instante.

—Admito que asusta un poco su manera de mirarnos, pero estoy segura de que sólo es curiosidad. Además, ahora están dormidos como angelitos —dijo ella con ironía, dado que el coro de sonoros ronquidos indicaba que los Gawrylow eran inofensivos en aquel momento.

—Exacto —dijo él—. Y tú también deberías estarlo. Buenas noches.

Exasperada con Cooper, Rusty se volvió y le dio la espalda. Finalmente, se durmió.

Fue un sueño muy corto. Le pareció que sólo llevaba unos minutos con los ojos cerrados cuando Cooper la despertó de nuevo.

Ella emitió un gruñido de protesta, pero al recordar que aquél era el día en que terminaría aquella situación, se incorporó.

La oscuridad reinaba en el interior de la cabaña, pero ella pudo ver las siluetas de Cooper y de los Gawrylow moviéndose. Quinn estaba junto a la cocina, haciendo café.

Cooper se arrodilló junto a ella.

—¿Cómo te encuentras?

—Tengo frío —respondió Rusty.

—Me refiero a cómo te encuentras de salud. ¿Te duele la pierna?

—No. La tengo rígida, pero no dolorida, como ayer.

—¿Seguro?

—Sí, seguro.

—Levántate y anda un poco. Vamos a probar.

Él la ayudó a ponerse en pie. Cuando Rusty se hubo puesto su abrigo y hubo tomado las muletas, salieron para tener privacidad. La cabaña no tenía fontanería interior.

Cuando ella salió del servicio exterior ya había amanecido. Cooper se dio cuenta de cómo la había fatigado el esfuerzo de salir desde la casa al servicio.

Ella tenía la respiración entrecortada, y él emitió una imprecación entre dientes.

—¿Qué? —le preguntó Rusty, mirándolo ansiosamente.

—No lo conseguirás, Rusty. Ni en días —le dijo Cooper, con las manos en las caderas. Después, suspiró de frustración—. ¿Qué demonios voy a hacer contigo?

—Bueno, siento ser tanta molestia para ti. ¿Por qué no me pones de cebo en una trampa de osos? Así podrás echar a correr hasta el río sin preocuparte de nada más.

Él se acercó e inclinó la cara hacia la de ella.

—Mira, parece que eres demasiado ingenua como para darte cuenta, pero aquí hay muchas más cosas en juego que el hecho de llegar al río.

—No, en lo que a mí respecta. Yo quiero salir de aquí lo antes posible, alejarme de ti y volver a mi casa.

—Muy bien —dijo él.

Se dio la vuelta y se dirigió hacia la cabaña.

—Llegaré mucho antes sin tener que soportarte. Tú te quedarás aquí.

—Perfecto —respondió ella.

Y entonces, Rusty alzó la barbilla, con una actitud tan obstinada como la de Cooper, y comenzó a caminar hacia la cabaña.

Los hombres estaban en mitad de una discusión cuando ella entró.

—Sea razonable, Gawrylow —estaba diciendo Cooper—. Reuben tiene veinte años menos que usted. Yo quiero moverme con rapidez. Él vendrá conmigo, y usted se quedará con mi esposa. No puedo dejarla aquí sola.

—Pero, padre... —gimoteó Reuben.

—Tiene razón, Reuben. Tú caminas mucho más deprisa que yo. Si hay suerte, quizá lleguéis al río a media tarde.

Aquel plan no era del agrado de Reuben.

El joven le lanzó a Rusty una última mirada y después salió, murmurando.

Cooper no estaba mucho más contento. Se llevó aparte a Rusty, le entregó la pistola de señales y le indicó cómo usarla.

—¿Crees que podrás hacerlo?

—No soy tonta.

Parecía que él iba a contradecirla, pero cambió de opinión.

—Si oyes el ruido de un avión, sal de la cabaña rápidamente y dispara hacia el cielo.

Antes de que ella se diera cuenta de lo que él iba a hacer, Cooper le tiró de la cintura del pantalón y metió su cuchillo enfundado dentro. Ella jadeó y tomó aire. Él sonrió ante su reacción de sorpresa.

—Así te acordarás siempre de dónde está.

—¿Y por qué tengo que acordarme?

Él la miró a los ojos durante un largo momento.

—Con suerte, nunca llegarás a enterarte.

Ella le devolvió aquella mirada.

Hasta aquel momento, no se había dado cuenta de lo mucho que detestaba la idea de que él se fuera y la dejara allí. Se había comportado con valor, pero la idea de recorrer kilómetros por el bosque con las muletas había sido demasiado abrumadora. En cierto modo, Rusty se alegraba de que él hubiera decidido marcharse sin ella. Sin embargo, en aquel momento, cuando Cooper estaba de verdad a punto de irse, ella tuvo ganas de colgársele del cuello y de rogarle que no la dejara.

Por supuesto, no lo hizo. Él ya la respetaba muy poco tal y como estaban las cosas. Pensaba que era una niña rica y mimada de ciudad. Y obviamente, tenía razón, porque en aquel instante tenía miedo de las horas que iban a pasar hasta que él volviera a buscarla.

Cooper interrumpió el momento y, con impaciencia, se dio la vuelta.

—¡Cooper!

Él se giró hacia ella.

—¿Qué?

—Ten... cuidado.

Un segundo después, estaba aprisionada contra su pecho, y él la estaba besando de una manera que le marcó el alma a fuego.

Ella se quedó asombrada y se desplomó contra él. Entonces, Cooper la sujetó por la cintura con un fuerte abrazo y la levantó del suelo sin dejar de besarla. Ella se aferró a su abrigo para recuperar el equilibrio.

Sus labios la oprimieron; eran posesivos y duros. Sin embargo, su lengua era suave, cálida y húmeda. Le llenó la boca, exploró, acarició. El deseo que había estado creciendo durante aquellas cuarenta y ocho horas superó su control férreo. Su disciplina se rompió, pero él seguía siendo poderoso.

Aquél era un beso que no tenía nada que ver con el romanticismo. Era un beso apasionado, crudo, carnal. Egoísta.

Aturdida, Rusty le rodeó el cuello con los brazos e inclinó la cabeza hacia atrás para proporcionarle mejor acceso. Y él aprovechó la oportunidad. La barba de Cooper le raspaba la piel, pero a Rusty no le importó. Su bigote era sorprendentemente suave. Le hacía cosquillas, le resultaba seductor.

Muy pronto, él dejó de besarla.

—Volveré lo más pronto posible. Hasta luego, cariño.

¿Cariño?

Entonces, Rusty se dio cuenta de que Quinn los estaba mirando mientras continuaba mascando tabaco.

Cooper la había besado por Gawrylow, no por él. Ni por ella tampoco.

Le lanzó una mirada venenosa a la espalda mientras Cooper salía de la cabaña. Cerró la puerta. Buena despedida, pensó Rusty. ¿Cómo se atrevía a...

Entonces, al darse cuenta de que Quinn seguía observándola, lo miró con una sonrisa de buena esposa.

—¿Cree que estará bien?

—Reuben sabe lo que hace. Él ayudará al señor Landry —dijo el hombre, señalándole la camilla, que aún estaba extendida junto al fuego—. Aún es pronto. ¿Por qué no se duerme de nuevo?

—No, yo... eh... —Rusty carraspeó—. Estoy demasiado nerviosa como para dormir. Creo que me sentaré un rato.

—¿Café? —le preguntó él, y se acercó a la cocina.

—Por favor.

Rusty no quería café, pero aquello le proporcionaría algo con lo que pasar el rato. Puso las muletas y la pistola de señales junto al hogar, a su alcance, y se sentó. El cuchillo enfundado le pinchó el abdomen. Sintió una punzada de rebeldía y se lo sacó de la cintura del pantalón. Después lo dejó junto a las muletas.

Aceptó la taza de café humeante que le tendía Quinn y se sentó a esperar durante lo que, posiblemente, sería el día más largo de su vida.

Cooper calculó que no habían recorrido más de dos kilómetros cuando Reuben comenzó a hablar. Cooper habría hecho todo el camino sin decir una palabra, pero quizá el mantener una conversación hiciera que el tiempo pasara más rápidamente y le ayudara a quitarse a Rusty de la cabeza.

—¿Cómo es que no tienen hijos? —le preguntó Reuben.

Todos los instintos de Cooper se pusieron en alerta. Desde que había oído el grito de Rusty y la había encontrado frente a los Gawrylow, había sospechado de los dos hombres. Hasta que no hubiera entregado sana y salva a Rusty a las autoridades, no iba a concederles el beneficio de la duda.

Si demostraban que eran decentes, entonces se habrían ganado su gratitud eterna. Hasta aquel momento...

—¿Eh? —insistió Reuben—. ¿Cómo es que...

—Ya le he oído —dijo Cooper—. Rusty tiene una profesión. Los dos estamos ocupados. Dentro de poco pensaremos en tener hijos.

Tuvo la esperanza de haber puesto punto final a aquel tema con la explicación, pero no fue así.

—Si yo hubiera estado casado con ella durante cinco años, tendríamos cinco hijos —fanfarroneó Reuben.

—Pero no lo está.

—Quizá no lo esté haciendo bien.

—¿El qué?

Reuben lo miró con malicia por encima del hombro.

—Ya sabe, lo que hay que hacer para tener hijos. Si fuera mi mujer...

—Pero no lo es —dijo Cooper en un tono helado.

—Pero lo será.

Y con eso, Reuben, sonriendo como un loco, se dio la vuelta y apuntó a Cooper al pecho con su rifle.

Durante toda la mañana, Cooper había estado preparándose inconscientemente para un ataque semejante. Elevó el rifle un segundo después de Reuben, pero Reuben disparó primero.

—¿Qué ha sido eso? —preguntó Rusty con un sobresalto, y se dio cuenta de que se había quedado medio dormida en la silla.

Quinn continuaba sentado a la mesa.

—¿Mmm?

—Me ha parecido oír algo.

—Yo no he oído nada.

—Podría jurar que…

—Los troncos de la chimenea se han movido, eso es todo.

—Oh —dijo ella, molesta por no poder controlar el nerviosismo—. Debo de haberme dormido. ¿Cuánto hace que se fueron?

—No mucho.

Él se levantó y se acercó a la chimenea para echar más troncos al fuego.

El calor acarició la piel de Rusty, y los ojos se le cerraron de nuevo. Por muy triste y sucia que fuera la cabaña, al menos le proporcionaba un techo y protección del frío. Sentía gratitud por ello. Después de pasar días…

Abrió los ojos de golpe al sentir la mano de Quinn.

Estaba arrodillado junto a ella y le había agarrado la pantorrilla.

—Pensé que querrías poner la pierna en alto —dijo él.

Su voz era tan suave como la de un santo, pero la estaba mirando con ojos de demonio. Ella sintió terror, pero el sentido común le advirtió que no lo demostrara.

—No, gracias —respondió con un hilillo de voz—. De hecho, creo que voy a caminar un poco para hacer ejercicio.

Rusty alargó los brazos para tomar las muletas, pero él las alcanzó antes.

—Deja que te ayude.

Antes de que pudiera protestar, él la agarró por el brazo y la levantó de la silla. Aquello la tomó por sorpresa, y el impulso hizo que chocara contra el cuerpo de Quinn.

Rusty retrocedió al instante, pero se dio cuenta de que no podía ir lejos, porque él le había puesto la otra mano en la espalda y la estaba atrayendo hacia sí.

—¡No!

—Sólo estoy intentando ayudarte —respondió él suavemente.

—Entonces, suélteme, señor Gawrylow, por favor. Yo puedo arreglármelas.

—No sin ayuda. Yo tomaré el lugar de su esposo. Me dijo que la cuidara, ¿no? —dijo, y le pasó la mano por la cadera.

Rusty se quedó helada de terror.

—No me toque así —dijo, e intentó alejarse de él forcejeando. Sin embargo, las manos de aquel hombre estaban por todas partes—. Quíteme las manos de encima.

—¿Qué les pasa a mis manos? —preguntó él, con una expresión de malevolencia—. ¿No están lo suficientemente limpias para tu gusto?

—No... sí... sólo quiero decir que Cooper...

—Cooper no hará nada —dijo él con una sonrisa siniestra—. Y de ahora en adelante te tocaré siempre que quiera.

Entonces tiró de ella hacia sí. En aquella ocasión, no había duda de cuál era su intención. Rusty reunió todas sus fuerzas para apartarse de él, pero no lo consiguió. Tuvo que apoyarse en la pierna herida, y sintió una descarga de dolor por toda la pierna.

Entonces gritó.

—Adelante, grita. No me importa —dijo él.

En aquel momento, oyeron pasos fuera de la cabaña.

—¡Socorro! —gritó Rusty.

—¿Reuben? —gritó Quinn—. Entra.

Quinn volvió la cabeza hacia la puerta, pero no fue Reuben quien entró. Cooper tenía una expresión de odio y rabia en la cara. Tenía el pelo lleno de ramas y hojas, y la cara arañada. Su camisa estaba manchada de sangre.

Para Rusty, nunca nadie había tenido mejor aspecto.

—Suéltala, sucio animal —bramó Cooper.

Rusty cayó al suelo cuando Quinn la soltó. Se dio la vuelta, y mientras lo hacía, se llevó la mano a la cintura, por la espalda.

Antes de que Rusty se diera cuenta de lo que estaba ocurriendo, oyó un golpe. Entonces vio el mango del cuchillo de Cooper en el centro del pecho de Quinn. La cuchilla estaba enterrada entre sus costillas.

El hombre tenía una expresión de asombro. Palpó el mango del cuchillo y lo agarró mientras caía de rodillas. Después cayó de cara contra el suelo y se quedó inmóvil.

Rusty se hizo un ovillo. Se tapó la boca con las manos y miró aquella forma con los ojos muy abiertos, desenfocados. Se le había cortado la respiración.

Cooper, apartando los muebles a patadas, atravesó la habitación a toda velocidad y se agachó frente a ella.

—¿Estás bien? —le preguntó, posándole una mano en el hombro.

Ella se encogió y alzó las manos en un gesto protector.

Y él se quedó helado. Su mirada se endureció.

—No hay necesidad de que me des las gracias.

Poco a poco, Rusty bajó las manos y exhaló. Miró a Cooper con los labios blancos de miedo.

—Lo has matado.

—Antes de que él me matara a mí, tonta. ¡Mira! —él señaló la espalda del hombre muerto. Tenía un revólver en la cintura del pantalón—. ¿Es que todavía no lo entiendes? Iban a matarme a mí y a quedarse contigo. Tenían planeado compartirte.

Ella se estremeció de revulsión.

—¡No!

—Oh, sí —dijo Cooper, asintiendo.

Exasperado con ella, se puso en pie y volvió el cuerpo.

Ella cerró los ojos y apartó la cara. Oyó cómo él arrastraba al muerto por el suelo y lo sacaba por la puerta.

Las botas de Quinn golpearon los escalones del porche.

Rusty permaneció allí acurrucada durante una eternidad. Aún no se había movido cuando volvió Cooper. Él se acercó.

—¿Te ha hecho daño?

Ella negó con la cabeza.

—¡Respóndeme, maldita sea! ¿Te ha hecho daño?

Rusty alzó la cabeza.

—¡No!

—Estaba a punto de violarte. ¿Es que todavía no te has dado cuenta?

Ella tenía los ojos llenos de lágrimas. Estaba experimentando una reacción retardada a causa de su horror.

—¿Qué estás haciendo aquí? ¿Por qué volviste? ¿Dónde está Reuben? ¿Qué le vas a decir cuando vuelva?

—Reuben no va a volver.

—También lo has matado, ¿verdad? La sangre de tu camisa es suya.

—Sí, maldición —siseó él, agachándose hacia ella—. Lo disparé en defensa propia. Me llevó al bosque sólo para separarnos, y después me apuntó con su rifle, con intención de matarme y convertirte en su mujer, según dijo. Y no finjas que eso te sorprende —añadió, al ver cómo ella negaba con incredulidad—. Los habías excitado, y lo sabes.

—¿Yo? ¿Cómo? ¿Qué hice?

—¡Cepillarte el pelo, por el amor de Dios!

—¿Cepillarme…

—Sólo ser tú misma. Sólo tener tu aspecto.

—¡Deja de gritarme! —sollozó ella—. ¡Yo no he hecho nada!

—¡Sólo obligarme a matar a dos hombres! —gritó Cooper—. Piensa en ello mientras los esté enterrando.

Después, salió. El fuego de la chimenea se apagó, y la cabaña se enfrió. Sin embargo, Rusty no se dio cuenta.

Aún estaba sentada en el suelo, llorando, cuando él volvió.

—Levántate —le ordenó—. Sécate la cara. No te vas a pasar el resto del día ahí sentada, llorando como una niña.

—Vete al infierno.

Él estaba tan furioso que apenas movió los labios al hablar.

—Mira, si tenías algo bueno con Reuben y su padre, deberías habérmelo dicho. Siento habértelo estropeado.

—Desgraciado.

—Me habría encantado dejarte en este paraíso y marcharme solo hacia el río. Pero creo que debería decirte que Reuben quería tener hijos. Claro que quizá tú nunca hubieras sabido si los niños eran suyos o de su padre.

—¡Cállate! —gritó Rusty, y quiso abofetearlo.

Él le atrapó la mano a medio camino, y ambos quedaron mirándose fijamente durante varios segundos de tensión. Finalmente, Cooper relajó los dedos alrededor de su muñeca, y con un gesto de enfado, se puso en pie y le dio una patada a una silla.

—Era yo o ellos —dijo con rabia—. Reuben disparó primero. Tuve suerte y pude desviar su rifle en el momento justo. No tuve elección.

—No tenías por qué matarlos.

—¿No?

Rusty no pudo dar con ninguna alternativa, así que bajó la mirada.

—¿Y por qué no seguiste hacia el río?

—No creas que no lo pensé.

—Oh —musitó ella—. Estoy impaciente por librarme de ti.

—Créeme, el sentimiento es mutuo. Pero mientras, tendremos que tolerarnos el uno al otro. Lo primero que hay que hacer es limpiar todo esto. No voy a pasar otra noche en este agujero hediondo.

—¿Limpiar?

—Sí. Y será mejor que empecemos. El día transcurre.

—No lo dirás en serio. ¿Vamos a pasar la noche aquí?

—Esta noche y todas las noches hasta que nos rescaten.

—¿Y el río?

—Eso puede ser una mentira.

—El río Mackenzie es real, Cooper.

—¿Pero a qué distancia está de aquí?

—Podrías ir caminando en la dirección que ellos te indicaron hasta que lo encuentres.

—Podría hacerlo, sí, pero cabe la posibilidad de que me pierda, o sufra algún accidente. Si tú fueras conmigo, quizá no llegáramos a ningún sitio antes de que empezara a nevar de verdad, en cuyo caso moriríamos de congelación. Ni siquiera estoy seguro de que la dirección que me dio Reuben fuera la correcta. Si limpiamos este lugar, quizá sobrevivamos. No es el Hotel Beverly Hills, pero es un refugio, y hay agua potable.

Ella no le agradeció el comentario sarcástico, pero se remangó y le preguntó:

—¿Qué quieres que haga?

Él señaló hacia atrás con la cabeza.

—Comienza por la cocina.

Y sin decir una palabra más, se dirigió hacia las camas. Les quitó las sábanas sucias y se las llevó fuera.

Rusty limpió la cocina de hierro fundido frotándola con jabón de arriba abajo. Después pasó al fregadero, a las ventanas y a todos y cada uno de los muebles.

Cuando Cooper hubo hervido la ropa en un caldero fuera, y la hubo colgado a secar, entró y limpió las piedras del hogar. Con las puertas y ventanas de la cabaña abiertas para que se ventilara, almacenó leña junto al muro sur, para protegerla de las inclemencias del tiempo.

Rusty no podía barrer el suelo, así que lo hizo él. Después, ella lo fregó entero, rompiéndose todas las uñas durante la tarea. Al rato, Cooper entró en la cabaña con dos pájaros para la cena.

Ella había hecho un inventario con todas las provisiones de los Gawrylow, y había anotado con satisfacción que había mucha comida enlatada. Parecía que habían hecho ya su viaje de octubre a Yellowknife, y que estaban bien aprovisionados para el invierno.

Aunque Rusty no era una experta cocinera, supo hacer un estofado con algunas verduras en conserva y la carne de las aves. Cuando la comida estuvo terminada, el aroma le hizo la boca agua. Se estaba haciendo de noche cuando Cooper entró en la cabaña con la ropa de la cama.

—¿Está despiojada? —le preguntó ella, volviéndose desde la cocina.

—Eso creo. La he cocido durante un buen rato.

No está del todo seca, pero si la dejo fuera durante más tiempo, se congelará. Lo comprobaremos después de cenar y, si no está seca, la colgaremos junto al fuego.

Se lavó las manos en el fregadero, que estaba reluciente en comparación con su estado anterior.

Después, ambos se sentaron a comer en la mesa, que Rusty también había dejado bien limpia. Cooper sonrió cuando vio que desdoblaba lo que una vez fue un calcetín, pero que en aquel momento iba a servirle de servilleta, y se la ponía en el regazo, pero no hizo ningún comentario sobre su ingenuidad. Si se fijó en el jarrón con unas hojas de otoño que Rusty había colocado como centro de mesa, no dijo nada tampoco. Tomó dos platos de estofado, pero sin hablar.

Rusty estaba abatida. Podría haber dicho algo agradable, al menos una palabra de ánimo. Incluso un cachorrillo necesitaba unas palmaditas en la cabeza de vez en cuando.

Con desaliento, llevó los platos al fregadero. Mientras estaba bombeando agua para fregarlos, él se acercó a ella.

—Has trabajado mucho hoy.

Su voz era suave y baja, y le llegó a Rusty por encima de la cabeza. Él estaba muy cerca, y ella sintió un temblor.

–Y tú.

–Creo que nos merecemos un premio, ¿no?

A ella se le aceleró el pulso al recordar el beso que él le había dado aquella misma mañana, y un potente deseo le recorrió el cuerpo. Lentamente, Rusty se volvió y lo miró.

–¿Qué se te ocurre, Cooper?

–Un baño.

—¿Un baño? —repitió Rusty, con nostalgia, casi sobrecogida.

—Un baño de verdad. Con agua caliente y jabón —explicó Cooper.

Salió de la cabaña y entró de nuevo arrastrando una bañera.

—La he encontrado detrás de la casa y la he limpiado.

Ella sintió una inmensa gratitud. Se agarró las manos por debajo de la barbilla y exclamó con suavidad:

—¡Oh, Cooper, muchas gracias!

—No te pongas efusiva —le dijo él—. Nos convertiremos en seres tan repugnantes como los Gawrylow si no nos bañamos. Aunque no podremos hacerlo todos los días.

Rusty no permitió que él le estropeara el momento de buen humor.

Cooper no permitía que nadie se le acercara lo suficiente como para darle las gracias. Bien, aquél era su problema. Había hecho algo muy considerado por ella, y ella le había dado las gracias. Más allá de eso, ¿qué podía hacer?

Rusty llenó varias cazuelas y varias teteras con agua de la bomba, y él las acercó al fuego para calentarlas. Después arrastró la bañera y la colocó junto a la chimenea. El metal estaba helado, pero en unos minutos se calentaría.

Rusty observó todos aquellos preparativos con expectación, y después, con preocupación.

−¿Y qué hacemos con... eh...

Sin decir nada, Cooper desplegó una de las sábanas que había hervido y aireado aquel día. El techo de la cabaña tenía vigas de madera, y Cooper la colgó allí para que hiciera las veces de cortina y tapara la visión de la bañera.

−Gracias −dijo Rusty.

Estaba contenta de haber conseguido algo de privacidad, pero no pudo evitar reparar en que, con la luz del fuego detrás, la sábana era traslúcida. La silueta de la bañera se veía perfectamente al otro lado de la cortina, y también se vería la de cualquiera que estuviera bañándose.

Cooper debió de darse cuenta al mismo tiempo, porque apartó los ojos y se pasó las manos nerviosamente por las perneras de los pantalones.

—Creo que el agua ya está casi lista.

Rusty sacó de su mochila una pastilla de jabón y una muda de ropa limpia.

Cuando todo estuvo listo, se acercó a la bañera, y Cooper vertió el agua caliente. Emanaba vapor de agua, pero para Rusty nunca podría estar lo suficientemente caliente. Tenía cuatro días de suciedad y fatiga que lavarse.

—¿Con qué vamos a secarnos? —preguntó ella.

Cooper le lanzó una toalla áspera y deslucida de la pila de ropa que había hervido.

—Encontré un par de toallas colgadas en unos clavos fuera de la cabaña. Son muy ásperas, pero son mejor que nada.

Rusty la aceptó sin hacer ningún comentario.

—Bueno, con esto ya está —dijo Cooper, cuando hubo vertido el agua de la última tetera en el baño—. Métete con cuidado, y no te quemes.

—De acuerdo.

Cooper se volvió y salió al otro lado de la cortina con impaciencia.

Rusty oyó sus pasos dirigiéndose hacia la salida, y después oyó que la puerta se cerraba. Suspiró con resignación. Él tenía mal carácter, y no había nada que hacer. No permitiría que aquello le estropeara el placer del primer baño que se daba en cuatro días.

Como aún evitaba apoyar el peso del cuerpo en la pierna herida, fue difícil quitarse la ropa. Cuando lo consiguió, también fue todo un reto entrar en la bañera. Pudo hacerlo apoyándose con ambas manos en los bordes y sentándose lentamente.

Fue algo mucho más delicioso de lo que hubiera imaginado.

Se sumergió todo lo posible y dejó descansar la cabeza contra el borde. Cerró los ojos. Se relajó tanto que ni siquiera se sobresaltó cuando Cooper entró nuevamente en la cabaña.

Por fin, tomó la pastilla de jabón que había colocado junto a la bañera y comenzó a lavarse. Mientras, él se movía por la casa, haciendo bastante ruido.

—Cooper, ¿qué haces?

—Las camas —respondió él, gruñendo por el esfuerzo—. Estas camas son de madera maciza, y pesan una tonelada.

—Estoy impaciente por tumbarme en una de ellas.

—No te esperes ninguna maravilla. No hay colchones, sólo unas plataformas de lona. Pero los colchones habrían tenido piojos, así que es lo mejor.

Ella suspiró, y de nuevo cerró los ojos para disfrutar del agua caliente y del olor del jabón, del placer de sentirse limpia de nuevo.

Finalmente, el agua comenzó a enfriarse, y supo que era hora de terminar el baño.

Apoyó los brazos en el borde de la bañera e intentó incorporarse. Para su consternación, los brazos se le doblaron como si fueran espaguetis. Se había quedado en el agua caliente demasiado tiempo, y tenía los músculos flácidos.

Intentó levantarse varias veces, pero no lo consiguió. Finalmente, sabiendo que no podía posponer lo inevitable durante más tiempo, llamó a Cooper con un hilillo de voz.

—¿Qué?

Aquella respuesta irritada no era alentadora, pero Rusty no tenía otro remedio.

—No puedo salir de la bañera.

Después de un silencio, él murmuró:

—¿Eh?

Rusty cerró los ojos con fuerza y repitió:

—No puedo salir de la bañera.

—Sal de la misma manera de la que entraste.

—Estoy demasiado débil del agua caliente. Los brazos no me sostienen.

Él soltó una retahíla de imprecaciones tan ardientes que Rusty temió que la sábana se quemara.

Cuando oyó que se acercaba, se tapó el pecho con las manos.

Sintió el aire frío en la espalda cuando Cooper apartó la cortina.

Durante un momento interminable, él se quedó allí, inmóvil, sin decir nada. Después dijo:

—Voy a deslizar las manos bajo tus axilas. Tú te apoyarás sobre la pierna izquierda. Entonces, mientras te sujeto, sácala de la bañera y pisa en el suelo, ¿de acuerdo?

—Está bien —dijo ella, y separó los brazos del cuerpo.

Aunque lo esperaba, el primer roce de los dedos de Cooper en su piel le causó una gran impresión. No porque le resultara desagradable, sino por todo lo contrario.

Y desde aquel momento, todo fue mejor aún. Con confianza y fuerza, él la agarró por debajo de los brazos y la levantó. Ella emitió un gemido de dolor.

—¿Qué te pasa?

—Me... me duelen las axilas —le dijo ella—. Por las muletas.

Cooper murmuró una maldición. Fue tan vulgar que ella no supo si lo había oído correctamente.

Entonces, él deslizó las manos hasta sus costillas y dijo:

—Vamos a intentarlo así. ¿Preparada?

Rusty, de acuerdo con sus instrucciones, se apoyó en la pierna izquierda y dejó colgando la pierna herida mientras él la levantaba para sacarla del agua.

—¿Bien así?

Ella asintió.

—¿Preparada?

Rusty asintió nuevamente. Él la sacó de la bañera y ella puso el pie en el suelo.

—¡Oh!

—¿Qué pasa ahora?

Cooper estaba a punto de soltarla cuando ella hizo la exclamación y se echó hacia delante ligeramente. Con unos reflejos muy rápidos, él la rodeó con el brazo, agarrándola justo por debajo del pecho.

—El suelo está muy frío.

—Dios, no me asustes así.

—Lo siento.

Rusty se agarró al respaldo de la silla que había junto a la bañera para apoyarse y rápidamente se cubrió con la toalla.

Por supuesto, aún se sentía desnuda ante sus ojos, pero confiaba en que él fuera un caballero y no aprovechara la situación.

—¿Estás bien?

—Sí.

Él llevó las manos desde sus costillas a los costados, pero no la soltó por completo.

—¿Seguro?

—Sí —respondió ella con la voz ronca—. Estoy bien.

Entonces, Cooper retiró las manos. Rusty suspiró de alivio. Segundos después, la cortina volvía a caer después de que él saliera del cubículo.

Rusty estaba temblando, pero intentó convencerse de que era a causa del frío. Se secó rápidamente, y el áspero tejido le raspó las zonas más delicadas del cuerpo, sobre todo los pezones. Cuando terminó de secarse, estaban más rosados y erectos que nunca. Le dolían. Y le latían, y sentía calor.

—Es por la toalla —musitó mientras se ponía la ropa interior.

—¿Qué ocurre esta vez?

—¿Qué?

—Te he oído decir algo.

—He dicho que esta toalla es de lija.

—Es lo mejor que he podido encontrar.

—No era una crítica.

—Pues sería una novedad.

Ella susurró algo entre dientes, pero se aseguró de que él no lo oyera en aquella ocasión, porque era un epíteto altamente descalificador hacia su linaje y su personalidad.

Con exasperación, Rusty se puso una camiseta, se sentó en una silla e inclinó la cabeza hacia delante.

Comenzó a secarse el pelo, frotándoselo enérgicamente con la toalla y cepillándoselo. Cinco minutos después, alzó la cabeza y la melena le cayó como una onda rojiza por los hombros, limpia y casi seca.

Cuando estaba guardando el cepillo en su funda, se dio cuenta del estado en el que tenía las uñas: rotas e irregulares. Entonces gruñó de rabia.

En un segundo, Cooper apartó la cortina y apareció a su lado.

—¿Qué te ocurre? ¿Es la pierna? ¿Es...

Al darse cuenta de que Rusty estaba perfectamente, se quedó callado. Pero aunque aquello no lo hubiera silenciado, el hecho de verla sentada contra la luz dorada del fuego, con un halo de pelo ondulado, color canela, lo habría dejado mudo.

Llevaba una camiseta que mostraba más que escondía. Las sombras de sus pezones atrajeron su mirada como imanes. Incluso en aquel momento, él notaba el peso de sus pechos donde habían descansado minutos antes, sobre sus antebrazos.

Su sangre se convirtió en lava ardiente y espesa, que se dirigió hacia su sexo y le produjo una reacción normal, aunque no deseada. Era tan intensa que resultaba dolorosa.

Y como no podía aliviarla, intentó liberar su tensión sexual de otro modo: dando rienda suelta a su furia.

—¿Acaso estabas quejándote por las uñas? —le gritó a Rusty.

—¡Están rotas y astilladas! —gritó ella a su vez.

—¡Es mejor que se te hayan roto las uñas que no el cuello, tonta!

—Deja de llamarme eso, Cooper. No soy tonta.

—Ni siquiera te diste cuenta de que esos dos bestias querían violarte. Hiciste todo lo que pudiste para alentarlos, ¿no? Sentarte junto al fuego cuando sabes lo que le hace al color de tu piel y a tus ojos. Cepillarte el pelo. Sabes cómo afectan todas esas cosas a un hombre, ¿verdad? Sabes que le vuelven loco de lujuria.

A Rusty se le llenaron los ojos de lágrimas. Su concepto de ella era peor de lo que había pensado. No sólo pensaba que era una inútil, sino también que no era más que una prostituta.

—Yo no hice nada a propósito, y tú lo sabes, digas lo que digas —replicó e, instintivamente, se cruzó de brazos sobre el pecho.

De repente, él se puso de rodillas frente a ella y se sacó el cuchillo de la funda que llevaba a la cintura.

Rusty emitió un grito de miedo cuando él le

agarró la mano izquierda y le acercó la hoja del cuchillo.

Cooper hizo un trabajo rápido y eficiente cortándole las uñas a la altura de la yema del dedo. Cuando le soltó la mano, ella se la miró con consternación.

—Es horrible.

—Bueno, yo soy el único que te las va a ver, y a mí no me importa ni un comino. Dame la otra mano.

Ella obedeció. No le quedaba más remedio. No tenía ninguna oportunidad de ganar si se resistía físicamente. Y, en aquel momento, sus pechos habían quedado a la vista para que él la condenara de nuevo.

Sin embargo, cuando la miró, su mirada no era de reprobación ni de desprecio. Tenía calidez, interés masculino. Mucho interés. Tanto, que Rusty sintió un cosquilleo en el estómago.

Cuando Cooper terminó de cortarle las uñas, guardó el cuchillo, pero no le soltó la mano. La sostuvo, observándola, y después se la posó en el muslo, apretándola con su propia mano. Rusty pensó que iba a explotarle el corazón de la presión que sentía en el pecho.

—Rusty.

Él susurró su nombre, con la voz ligeramente

ronca, como si aquel murmullo escondiera una profunda emoción.

Ella no se movió, el corazón se le aceleró salvajemente.

Cooper levantó la mano y puso las suyas en las caderas de Rusty, a cada lado de la silla, apretándole la carne suavemente.

Parecía que estaba a punto de posar la cabeza en su regazo. Si quería hacerlo, Rusty no se lo impediría. Lo sabía con toda seguridad. Tenía el cuerpo caliente y receptivo. Estaba lista para cualquier cosa que ocurriera.

No, no lo estaba.

Porque lo que ocurrió fue que Cooper se puso en pie rápidamente.

—Será mejor que te acuestes.

Rusty se quedó asombrada ante aquel cambio radical. La intimidad y el estado de ánimo se habían hecho añicos. Sintió terriblemente aquel rechazo.

Abatida, recogió sus cosas y la ropa sucia y salió del cubículo. Las dos camas estaban hechas con sábanas y mantas, y con una piel tendida a los pies de cada una. Nunca ninguna cama le había parecido más atractiva que aquéllas.

Guardó sus cosas y se sentó en una de las camas. Mientras, Cooper arrastró la bañera fuera de la cabaña para vaciarla y volvió a colocarla en su sitio. Después comenzó a preparar agua caliente.

—¿Tú también vas a bañarte?

—¿Tienes alguna objeción?

—No.

—Hace mucho tiempo que no corto leña y me duele la espalda. Además, creo que empiezo a apestar.

—No lo he notado.

Él la miró agudamente, pero cuando vio que ella lo había dicho con sinceridad, estuvo a punto de sonreír.

—Lo notarás ahora que estás limpia.

Cooper comenzó a echar el agua caliente de las teteras y las cazuelas en la bañera y, mientras, Rusty se metió entre las sábanas heladas. Sin embargo, no cerró los ojos. En vez de eso, observó cómo Cooper se sentaba al borde de su cama y se quitaba las botas mientras esperaba a que hirviera más agua. Él lanzó los calcetines a la pila de ropa sucia que ella había hecho y comenzó a desabotonarse la camisa. Se sacó el bajo del pantalón y se la quitó.

Ella se incorporó con brusquedad.

—¿Qué te ha ocurrido?

Él lanzó la camisa a la pila. No tuvo que preguntarle a qué se refería. Aquel hematoma se notaba incluso en la penumbra.

—Tuve que desviar el cañón del rifle de Reuben

con el hombro para tener las manos libres y poder dispararlo.

Rusty se encogió.

Aquel moretón ocupaba desde el hombro hasta la clavícula y era negro y morado. Parecía extremadamente doloroso.

—¿Te duele?

—Mucho.

—¿Has tomado una aspirina?

—No. Quiero reservarlas por si vuelves a tener fiebre —respondió él.

—Ah, ya entiendo. No tienes ninguna aspirina que tomar para el hombro porque yo las malgasté con la fiebre.

—Yo no he dicho eso. He dicho que... oh, duérmete, ¿quieres?

Vestido tan sólo con los pantalones vaqueros, se acercó a la lumbre y quitó la última de las teteras, aunque el agua aún no había hervido, para verterla en la bañera.

Rusty se había tumbado de nuevo, pero observó cómo su sombra se movía por la cortina mientras él se quitaba los pantalones y entraba desnudo en la bañera. La imaginación de Rusty no fue necesaria, porque la sombra de Cooper no dejaba nada oculto, especialmente de perfil.

No sabía cómo esperaba él que ella pudiera dormir con tanto chapoteo. Cuando se puso en pie para aclararse, había echado más agua fuera de la bañera de la que quedaba dentro.

A Rusty se le secó la boca cuando vio su sombra. Él se inclinó y tomó puñados de agua para quitarse el jabón de la piel.

Cuando salió, se secó con un típico descuido masculino. La única atención que le dio a su pelo fue frotárselo unos segundos con la toalla y, después, pasarse los dedos entre el cabello. Terminó poniéndose la toalla por la cintura.

Después, vació la bañera de nuevo y la dejó fuera. Rusty se dio cuenta de que estaba temblando cuando entró en la cabaña y echó varios troncos al fuego. Por último, quitó la sábana que había servido de cortina, la dobló y apagó el farol que había sobre la mesa. Antes de acostarse se quitó la toalla de la cintura.

Durante todo aquel tiempo, no miró ni una sola vez a Rusty. Ella se sentía herida por que ni siquiera le hubiera deseado buenas noches. Sin embargo, quizá no hubiera podido responderle.

Aún tenía la boca seca.

Contar ovejas no le sirvió de nada.
Recitar poesía tampoco.

Así que Cooper se quedó allí, tumbado boca arriba, observando el techo y preguntándose cuándo su órgano sexual erecto iba a relajarse lo suficiente como para permitirle conciliar el sueño. Estaba exhausto.

Todos los esfuerzos que había realizado aquel día le estaban pasando factura a sus músculos, que pedían descanso a gritos. Sin embargo, su miembro no escuchaba.

Al contrario que el resto de su cuerpo, se sentía espléndidamente: alerta, vivo y bien. Demasiado bien.

Sentía furia hacia Rusty por haberle hecho aquello. Se dio la vuelta y se tumbó de costado, intentando pensar en otra cosa.

Sin embargo, ya lo había intentado; lo había intentado durante horas, pero sus pensamientos siempre terminaban en ella. Recordaba sus labios y su boca, vulnerables pero curiosos; después, hambrientos, abriéndose a él.

Debería haber tenido más sentido común y no haberla besado, ni siquiera para que lo viera aquel viejo idiota.

Pero, ¿por qué seguía intentando engañarse? La había besado porque quería besarla, aunque había sospechado que con sólo un beso no quedaría satisfecho. Y, en aquel momento, lo sabía con seguridad.

Tenía que dejar de pensar. Cerró los ojos y se concentró en el sueño con todas sus fuerzas durante unos minutos. Al menos, hasta que oyó el primer gemido desde la otra cama. Entonces, Rusty se incorporó como empujada por un resorte.

—¿Rusty?

—¿Qué es eso?

Incluso aunque no tenían más luz que la del fuego de la chimenea, que estaba apagándose, Cooper se dio cuenta de que ella tenía los ojos muy abiertos y una mirada de miedo. Pensó que estaba teniendo una pesadilla.

—Túmbate de nuevo. Todo va bien.

Ella tenía la respiración entrecortada. Se llevó las mantas al pecho.

—¿Qué ese ruido?

—¿Qué...

Justo cuando estaba a punto de preguntarlo, se oyó de nuevo un sonido quejumbroso. Rusty se tapó los oídos con las manos y se inclinó.

—No puedo soportarlo —gritó.

Cooper apartó la manta de su cama y estuvo a su lado en un segundo.

—Son lobos, Rusty. Eso es todo. No están tan cerca como puede parecer por los aullidos, y no nos harán daño.

—¿Lobos?

—Sí. Están oliendo los...

—Cuerpos.

—Sí —respondió él con suavidad.

—Oh, Dios —susurró Rusty, y se tapó la cara con las manos.

—Shh, shh. No pueden hacerles nada, porque tapé las tumbas con piedras. Al final se irán. Vamos, duérmete.

—Odio este lugar.

—Lo sé.

—He intentado ser valiente.

—Has sido muy valiente.

Ella negó con la cabeza, vehementemente.

—No, soy una cobarde. Mi padre se dio cuenta. Él fue quien sugirió que volviera a casa antes de lo previsto.

—Hay mucha gente que no soporta que se mate a los animales.

—Me derrumbé y lloré delante de ti. Tú siempre has sabido que yo era una inútil. No se me da bien esto. Y no quiero que se me dé bien —dijo con rotundidad, de forma incongruente con las lágrimas que se le derramaban por las mejillas—. Piensas que soy una persona horrible.

—No es cierto.

—Sí lo es.

—No, de veras.

—Entonces, ¿por qué me has acusado de excitar a esos hombres?

—Estaba enfadado.

—¿Por qué?

«Porque a mí también me excitas, y no quiero que eso suceda», quiso decirle. Sin embargo, murmuró:

—No importa.

—Quiero irme a casa, donde todo es seguro, cálido y limpio.

Iba contra su voluntad hacerle un cumplido, pero Cooper pensó que ella se lo había ganado.

—Lo has hecho muy bien.

—No, no es verdad.

—Mucho mejor de lo que yo me esperaba.

—¿De verdad? —le preguntó Rusty esperanzadamente.

—De verdad. Y ahora, no les hagas caso a los lobos y duérmete.

—No me importa ser una cobarde. Abrázame, Cooper. Por favor.

Impulsivamente, él la rodeó con sus brazos. Y, como en la otra ocasión, cuando la había abrazado mientras ella lloraba, se sintió impotente para controlar sus emociones. Intentó apartarse de Rusty, pero ella se aferró a él.

—Abrázame sólo un minuto más, por favor —le suplicó.

—Está bien.

Él continuó abrazándola, pero no movió las manos.

No podía acariciarle la espalda, porque quizá no fuera capaz de detenerse. Quería acariciarle todo el cuerpo. El deseo hizo que se estremeciera.

—Estás helado —dijo Rusty, y le pasó las manos por los antebrazos.

—Estoy bien.

—Métete bajo la manta.

—No.

—No seas tonto. Te resfriarás. ¿Qué tiene de raro? Hemos dormido juntos durante tres noches. Vamos —insistió ella, y apartó la manta y la sábana.

—No. Voy a volver a mi cama.

—Has dicho que ibas a abrazarme. Por favor, hasta que me duerma.

—Pero estoy…

—Por favor, Cooper.

Él soltó un juramento, pero se metió en la cama con ella.

Rusty se acurrucó contra él y metió la cara en su cuello. Cooper apretó los dientes.

Segundos después de que ella se hubiera relajado contra su cuerpo, se apartó.

—¡Oh! —exclamó suavemente—. Se me había olvidado que estabas...

—Desnudo. Exactamente. Pero ahora es demasiado tarde, nena.

7

Los impulsos masculinos se habían apoderado de Cooper en aquel momento. Su boca tomó la de Rusty con un beso profundo y largo, mientras posaba el cuerpo, pesadamente, sobre el de ella.

La reacción inicial de Rusty fue de asombro. La maravillosa desnudez de Cooper había sido una sorpresa impresionante. Y, antes de que pudiera recuperarse, se vio invadida por su tempestuoso beso.

Su siguiente reacción fue de espontáneo deseo. Le atrapó el vientre, abrumó su mente y su corazón, suprimió todo salvo el hombre que estaba asaltando su boca con tanta maestría. Le rodeó el cuello con los brazos y lo atrajo hacia sí. Por instinto, se arqueó contra él y tomó contacto con su carne dura y rígida.

Gruñendo de dolor, él escondió la cara en el cuello de Rusty.

—Dios, estoy a punto de explotar.

—¿Qué quieres, Cooper?

Él se rió con aspereza.

—Creo que es evidente.

—Lo sé, pero, ¿qué quieres que haga?

—Acaríciame, o no me acaricies en absoluto —susurró él—, pero decidas lo que decidas, que sea rápido.

Rusty titubeó durante un instante antes de pasarle una mano por el pelo y detenerla en su nuca. Con la otra, le acarició los músculos del pecho.

Sus labios se fundieron en otro beso voraz. Él tomó el gemido de Rusty como algo alentador y comenzó a besarle el cuello. No era un hombre que pidiera permiso; con atrevimiento, le tomó uno de los pechos con la palma de la mano.

—Me estaba volviendo loco de deseo por ti —susurró—. Pensaba que me volvería loco si no podía tocarte, saborearte.

Abrió la boca sobre la suave carne que se hinchaba por encima de la camiseta de tirantes de Rusty. La besó con fervor y aplicó la succión suficiente como para atraparla entre los dientes. Le hizo cosquillas con la lengua al mismo tiempo que, con el dedo pulgar, le acariciaba una y otra vez el pezón. Cuando comenzó a responder y se endureció, él aceleró el movimiento hasta que Rusty se sintió casi delirante.

—Para, Cooper —jadeó—. No puedo respirar.

—No quiero que puedas respirar.

Él bajó la cabeza y, a través de la tela de la camiseta, le lamió el pezón erecto y jugueteó con él. Rusty hundió los talones en la cama y elevó la espalda, pero ni siquiera aquella respuesta fue satisfactoria para él.

—Di que me deseas —le pidió con una voz vibrante, profunda.

—Sí, te deseo. Sí, sí.

Llevado por un hambre salvaje, incontrolable, sin tener en cuenta las consecuencias, Rusty pasó de ser la víctima a ser la atacante. Lo empujó hacia atrás y comenzó a besarle el pecho y el estómago. Cada vez que sus labios le rozaban la piel, susurraba su nombre. Era como una plegaria que crecía en fervor con cada beso.

—Eres maravilloso, maravilloso —susurró sobre su ombligo, y con un suspiro, repitió—: Cooper.

La pasión que ella había desplegado dejó a Cooper sin habla. Inclinó la cabeza hacia abajo y la miró. La melena rojiza de Rusty estaba extendida por su estómago; su respiración le acariciaba el vello corporal. Las palabras de amor que ella estaba murmurando tenían el ritmo más erótico que él hubiera oído nunca. Sus labios… Dios, sus labios… le estaban dejando zonas húmedas en el cuerpo.

Su cabeza moviéndose sobre él era la visión más bella que nunca hubiera tenido, y aquello le asustó mucho. La apartó de sí y rodó por la cama. Se puso en pie, temblando visiblemente, con un juramento.

Podía tener relaciones sexuales duras, apasionadas, despreocupadas, pero no aquello. No quería ningún anhelo ni ninguna emoción verdadera, gracias. Había hecho casi todas las cosas sensuales que era posible hacer con una mujer, pero ninguna mujer había expresado un deseo tan sincero por él. Lo que Rusty había hecho sugería que existía intimidad entre ellos, más allá de lo físico.

Y él no quería aquello. No quería romanticismo ni amor.

Rusty lo miró con confusión y dolor.

—¿Qué ocurre?

—Nada.

Cooper atravesó la habitación y echó otro tronco en la chimenea. Después se volvió hacia ella, y vio sus ojos, que tenían una mirada de desconcierto y desilusión.

—Duérmete —le dijo él con irritación—. Los lobos se han ido. Además, ya te he dicho que no pueden hacerte daño. Y ahora, deja de lloriquear y no me molestes más.

Con aquello, volvió a su cama y se tapó hasta los oídos. En segundos, estaba bañado en sudor. Su cuerpo estaba ardiendo.

Maldita fuera Rusty. ¿Por qué había respondido de aquella manera? Con tanta naturalidad. Sin artificio. Sin afectación. Su boca era tan receptiva. Sus besos, tan generosos. Sus pechos, tan suaves, y sus pezones, tan duros.

Cooper apretó los dientes para protegerse de aquellos recuerdos. ¿Acaso era tonto? ¿No era tonto por no aceptar lo que ella le había ofrecido tan incondicionalmente?

Pero aquél era el quid de la cuestión: la oferta no era incondicional. La expresión de desconcierto de su rostro le había dado a entender a Cooper que quizá aquello representara para Rusty algo más que un simple revolcón. Estaba viendo cosas que él nunca sería capaz de darle.

Él no podía sentir, y eso era lo que ella quería. Incluso quizá, lo que se merecía. Y él no podía proporcionárselo.

Lo mejor era hacerle daño en aquel momento y dejar las cosas así. Mejor ser un desgraciado en aquel momento que aprovecharse de la situación. Él no tenía relaciones largas, ya no.

No podía comenzar algo que no tendría continuación cuando los rescataran.

A la mañana siguiente, Rusty tenía los ojos hinchados de llorar, tanto, que apenas podía abrirlos. Con esfuerzo, separó los párpados y se dio cuenta de que la otra cama estaba vacía y hecha.

Bien. Así, él no notaría que tenía los ojos enrojecidos, y ella podría lavárselos con agua fría. La debilidad que había demostrado la noche anterior hacía que se sintiera furiosa consigo misma.

Los lobos la habían asustado porque representaban todo lo que los amenazaba, y ponían de relieve la precariedad de su situación.

Por algún motivo inexplicable, aquel terror se había manifestado en forma de deseo. Cooper había respondido. Y después, ella también. Gracias a Dios, él había recuperado el sentido común antes de que hubiera ocurrido algo drástico.

Se levantó e hizo su cama. Después, sacó agua de la bomba y se lavó la cara y los dientes. Se vistió, se cepilló el pelo y se lo sujetó con el cordón de un zapato. Cuando se estaba poniendo los calcetines, se dio cuenta de que había estado moviéndose sin las muletas, y de que apenas le dolía la pierna.

Quizá no fueran bonitos, pero los puntos de Cooper le habían curado la herida.

Sin embargo, no quería sentir ninguna gratitud hacia él. Se acercó a la cocina y echó varios palos para encender el fuego. Llenó una tetera con agua y la acercó a la lumbre para hacer café.

Después tomó un paquete de harina de avena y, siguiendo las indicaciones de preparación, mezcló varias cucharadas con agua.

Por desgracia, echó demasiada harina en la mezcla.

Cooper entró en la cabaña a grandes zancadas, y sin preámbulo, preguntó:

—¿Has preparado ya el desayuno?

Ella respondió destempladamente.

—Sí, siéntate.

Ella le sirvió un cuenco de avena, pero no de la sustancia cremosa y humeante que anunciaban por televisión, sino de un engrudo que había tomado la consistencia del cemento.

—¿Café? —preguntó él.

Ella se mordió el labio con consternación y sirvió dos tazas de café sin decir una palabra.

Él tomó una cucharada de avena, mirándola con escepticismo. En silencio, ella lo desafió a que dijera algo desagradable sobre aquel desayuno. Él se metió la cuchara en la boca.

Rusty lo imitó, y estuvo a punto de escupir inmediatamente. Tuvo que tomar un trago de café ardiendo para poder tragar.

—¿Esto es lo mejor que sabes hacer? —le preguntó Cooper.

—No cocino demasiado en casa —respondió Rusty.

Con un gesto de desagrado, él comenzó a darle instrucciones.

—La próxima vez, echa la mitad de harina, y antes de hacerlo, ponle sal al agua. Después, espolvorea azúcar en la mezcla, pero no demasiada; tenemos que racionarla.

—Si sabes tanto de cocina, ¿por qué no lo haces tú? —le preguntó ella suavemente.

Cooper apartó el cuenco y apoyó los codos en la mesa.

—Porque tengo que ir a cazar, a pescar y a cortar leña. Pero, ahora que lo pienso, cocinar es mucho más fácil. ¿Quieres que intercambiemos tareas? ¿O prefieres que yo haga todo el trabajo mientras tú miras cómo vuelven a crecerte las uñas?

—No tengo inconveniente de hacer mi parte del trabajo, y lo sabes. Lo que no quiero es que critiques todos mis esfuerzos.

—Si esto es un ejemplo de tus esfuerzos —dijo él, mirando el cuenco de avena—, habremos muerto de hambre en una semana.

—Aprenderé a hacerlo mejor —gritó ella.

—Estoy impaciente por verlo.
—¡Oh!
Ella se dio la vuelta y cuando lo hizo, la camisa que se había puesto encima de la camiseta de tirantes se movió y dejó al descubierto un moretón bajo su clavícula.

Cooper la tomó por el brazo.

—¿Qué es eso?

Rusty miró hacia la curva superior de su pecho.

—Ahí es donde... me besaste... anoche.

Cooper apartó la mano con un terrible sentimiento de culpabilidad.

—Lo siento.

—No pasa nada.

—¿Te... te duele?

—No.

—¿Y te dolió cuando...

Ella negó con la cabeza.

—No lo noté.

Rápidamente, ambos apartaron la mirada el uno del otro. Él se acercó a la ventana. Fuera estaba lloviznando.

—Supongo que te debo una explicación sobre lo que ocurrió anoche —murmuró.

—No. No es necesario, de veras.

—No quiero que pienses que soy impotente, o algo así.

—Sé que no eres impotente.

—Creo que era evidente que estaba dispuesto y era capaz de terminar lo que habíamos empezado.

Rusty tragó saliva y bajó la cabeza.

—Sí, era evidente.

—Eso sólo nos deja la voluntad —dijo Cooper. Ella mantuvo la cabeza agachada—. Bien, ¿no tienes curiosidad por saber por qué no continué?

—No he dicho que no tenga curiosidad. Sólo he dicho que no tienes que explicarme nada. Después de todo, somos extraños. No nos debemos explicaciones.

—Pero tú te haces preguntas. No niegues que te preguntas por qué no lo terminé.

—Supuse que alguien te espera en casa. Una mujer.

—No hay ninguna mujer —replicó él. Y al ver su cara de asombro, esbozó una sonrisa torcida—. Tampoco hay ningún hombre.

—Eso no lo había pensado.

Aquel pequeño momento de humor no duró demasiado. La sonrisa de Cooper se convirtió en un gesto huraño.

—Yo no hago compromisos sexuales.

Ella elevó la barbilla.

—No recuerdo que te lo haya pedido.

—No tenías que hacerlo. Si hubiéramos... si...

Aquí estamos los dos solos, y no se sabe cuánto tiempo seguiremos así. Ya dependemos el uno del otro para todo lo demás, y no debemos complicar más la situación.

—Estoy de acuerdo contigo. Anoche perdí la cabeza. Estaba asustada, y más cansada de lo que había pensado. Tú estabas ahí, hiciste lo más humano e intentaste reconfortarme. Y las cosas se nos fueron de las manos. Eso fue todo.

—Exactamente. Si nos hubiéramos conocido en otras circunstancias, ni nos habríamos mirado, probablemente.

—No creo —replicó ella, con una carcajada forzada—. Tú no encajarías en mi grupo urbanita. Desentonarías mucho.

—Y en mi montaña se reirían de tu ropa, tan a la moda.

—Así que muy bien —dijo Rusty con irritación.

—Muy bien.

—Resuelto.

—No tenemos ningún problema, entonces.

Entonces, ¿por qué se estaban mirando como boxeadores en el ring? El aire estaba cuajado de animosidad. Habían llegado a un acuerdo; habían firmado un tratado de paz. Sin embargo, parecía que aún estaban en guerra.

Cooper fue el primero en darse la vuelta, sin disimular su enfado. Tomó el abrigo del perchero de la entrada y se colgó el rifle del hombro.

—Voy a ver qué pescados tiene que ofrecernos el río.

—¿Has pensado en dispararles? —preguntó Rusty, señalando el rifle con un asentimiento de la cabeza.

Él puso cara de pocos amigos ante su sarcasmo.

—Puse algunas trampas esta mañana, mientras tú estabas plácidamente dormida. También puse un caldero al fuego fuera. Haz la colada.

Rusty siguió su mirada hasta la alta pila de ropa sucia y la miró con un asombro disimulado. Cuando se volvió hacia él, el lugar que había ocupado estaba vacío. Ella se apresuró a acercarse a la puerta.

—¡Iba a hacer la colada sin que tú me lo dijeras! —le gritó mientras Cooper se alejaba. Pero, si él la oyó, no dio indicación.

Cuando Rusty hubo terminado de lavar toda la ropa con el arcaico método de hervirla en el caldero mientras daba vueltas con un palo, de retorcerla y de tenderla para que se secara al aire libre, tenía los brazos doloridos de fatiga. Y además, tenía las manos y la nariz heladas. Además, la pierna había empezado a dolerle.

Sin embargo, tenía la sensación de haber terminado satisfactoriamente un trabajo y eso sirvió para aliviar parte de su tristeza. Cuando volvió a entrar a la cabaña, se calentó las manos en la chimenea. Se quitó las botas y, cansadamente, se tendió en la cama. Si había alguien que se mereciera una siesta antes de comer, era ella.

Aparentemente, se durmió mucho más profundamente de lo que había pensado. Cuando Cooper entró por la puerta gritando su nombre, ella se incorporó tan repentinamente que se mareó.

—¡Rusty! —gritó él—. Rusty, ¿has…? Maldita sea, ¿qué estás haciendo en la cama?

Cooper llevaba el abrigo abierto y el pelo revuelto. Tenía las mejillas enrojecidas. Estaba respirando entrecortadamente, como si hubiera estado corriendo.

—Estaba durmiendo —respondió ella con un gran bostezo.

—¡Durmiendo! ¡Durmiendo! ¿No has oído la avioneta?

—¿La avioneta?

—¡Deja de repetir todo lo que digo! ¿Dónde está la pistola de señales? Hay un avión pasando por encima de nosotros.

—¿Nos está buscando?

—¿Y cómo voy a saberlo? —preguntó él mientras buscaba la pistola por toda la cabaña frenéticamente—. ¿Dónde está? ¡Aquí! —dijo.

Blandiendo el arma, salió al porche y miró al cielo. Rusty lo siguió.

—¿Lo ves?

—¡Cállate!

Él ladeó la cabeza mientras escuchaba atentamente. El inconfundible ronroneo del motor les llegó a ambos al mismo tiempo. Se volvieron simultáneamente y vieron la misma escena desoladora.

Era una avioneta de búsqueda, obviamente, porque volaba muy bajo. Pero volaba en la dirección opuesta. Disparar una bengala sólo serviría para malgastarla. Rusty y Cooper observaron el pequeño punto mientras se alejaba por el cielo. Cuando ya no se oía el ruido del motor, el silencio se volvió ensordecedor. Las posibilidades de que los rescataran se habían desvanecido.

Cooper se dio la vuelta lentamente. Tenía una mirada tan dura y fría que Rusty dio un paso atrás.

—¿Qué demonios estabas haciendo dormida a estas horas?

—Yo... yo... había terminado la colada... estaba exhausta. Tuve que levantar...

De repente, ella pensó que no tenía por qué disculparse. Desde el principio, él había asumido la responsabilidad de la pistola de señales. No la había soltado desde que habían dejado la avioneta.

En actitud beligerante, Rusty se puso las manos en las caderas.

—¿Cómo te atreves a echarme a mí la culpa de esto? ¿Por qué te marchaste sin la pistola?

—Porque estaba furioso esta mañana. Se me olvidó.

—Así que es culpa tuya no haber disparado una bengala, no mía.

—Ha sido culpa tuya que me estuviera tan enfadado cuando me marché.

—Si no puedes controlar el malhumor, ¿cómo esperas que yo lo haga?

—Aunque yo hubiera disparado la bengala, cabía la posibilidad de que no la hubieran visto. Sin embargo, sí habrían visto la columna de humo de la chimenea. Pero tú tenías que dormirte y dejar que se apagara el fuego. Podría matarte por haber dejado que se fuera ese avión.

—¿Y por qué no lo haces? Prefiero eso que seguir soportando tus críticas constantes.

—Es que tienes tantos defectos que me proporcionas mucho material. Si siguiéramos aquí atrapados durante años, podría seguir criticándote.

Ella enrojeció de indignación.

—¡Lo admito! No estoy preparada para vivir en

una cabaña en mitad de ninguna parte. No es el estilo de vida que he elegido vivir.

—Ni siquiera sabes cocinar.

—Nunca lo he necesitado. Tengo una profesión a la que dedicarme —respondió ella con orgullo.

—Pues tu profesión no nos está sirviendo de nada en esta situación.

—Yo, yo, yo —gritó Rusty—. Sólo has pensado en ti durante todos estos días.

—¡Ja! Ojalá hubiera tenido tanta suerte. En vez de eso, he tenido que estar pensando en ti. No has sido más que una rémora.

—Yo no tengo la culpa de haberme herido la pierna.

—Y supongo que ahora vas a decirme que tampoco ha sido culpa tuya que esos dos hombres se volvieran majaretas por ti.

—No, tampoco.

—¿No? —respondió él con desprecio—. Bien, pues a mí me has dejado bien claro que te gustaría tenerme en tus pantalones.

Al oír aquellas palabras, ella se lanzó hacia él con las uñas desplegadas, apuntadas hacia su semblante desdeñoso. No llegó a alcanzarlo; cayó con dureza sobre la rodilla herida, y gritando de dolor, se desplomó en el suelo helado.

Cooper estaba a su lado al instante. La recogió.

Ella luchó con todas sus fuerzas contra él, pero él la sujetó con fuerza.

—Estate quieta o te dejaré inconsciente.

—Serías capaz, ¿no es así?

—Exacto. Y disfrutaría.

Ella dejó de forcejear debido a la debilidad y al dolor que sentía a la pierna, más que por capitulación. Él la llevó al interior de la cabaña y la depositó en una silla frente a la chimenea. Le lanzó una mirada llena de reproche y después se agachó ante el fuego para avivarlo.

—¿Aún te duele la pierna?

Ella negó con la cabeza. Le dolía muchísimo, pero no estaba dispuesta a admitirlo.

—De todos modos, no vuelvas a posarla en el suelo durante el resto del día. Usa las muletas para caminar —le indicó Cooper. Después se incorporó—. Voy a volver a recoger lo que he pescado. Dejé caer la bolsa por el camino, con las prisas. Espero que no se lo haya comido algún oso —dijo. En la puerta, se volvió hacia ella—. Y yo lo cocinaré, si no te importa. Parece un buen pescado, y tú probablemente lo estropearías.

Después, cerró de un portazo.

Era un buen pescado. Delicioso, de hecho. Cooper lo cocinó en una sartén hasta que estuvo crujiente por fuera y jugoso por dentro. Mientras duró la cena, sin embargo, ella se mantuvo en silencio.

—Limpia esto —le dijo él secamente, señalándole la cocina y la mesa.

Ella obedeció, pero haciendo muchísimo ruido. Cuando terminó, se tumbó sobre la cama y se quedó mirando hacia las vigas del techo. No sabía si se sentía más dolida o más enfadada. Fuera lo que fuera, Cooper Landry le estaba creando unas emociones que ningún otro hombre le había provocado. Aquellas emociones iban desde la gratitud hasta el odio.

Era cierto que ella le había pedido que se acostara en su cama la noche anterior; ¡pero para que la consolara, no para mantener relaciones sexuales con él! Aquello había sucedido espontáneamente. Él debía de darse cuenta, pero su ego colosal e inflado no le dejaba admitirlo.

Bien, había una cosa que Rusty sabía con seguridad: que a partir de aquel momento iba a comportarse como una monja.

Ignorando a Cooper, se quitó el calzado, se metió en la cama y se quitó los pantalones bajo las sábanas. Después, se tapó hasta la barbilla, pero debido a la siesta que se había echado, no pudo conciliar el sueño inmediatamente. Incluso después de oír que Cooper se acostaba, y después de que su respiración constante y tranquila le indicara que se había quedado dormido, ella se quedó allí despierta, observando los dibujos que el fuego reflejaba en el techo.

Y, cuando los lobos comenzaron a aullar de nuevo, ella se tumbó de costado y se cubrió la cabeza con la manta, intentando no escuchar. Se mordió un dedo para no echarse a llorar, para no sentirse perdida y sola, para evitar por todos los medios pedirle a Cooper que la abrazara mientras dormía.

Cooper estaba sentado en una silla, con los codos apoyados en las rodillas, observándola fijamente, cuando ella se despertó a la mañana siguiente. Somnolienta e irritada, se incorporó y se apartó el pelo de los ojos.

–¿Qué estás haciendo?

–Necesito hablar contigo.

–¿Sobre qué?

–Esta noche ha nevado varios centímetros.

Rusty lo estudió durante unos instantes, y después dijo con sorna:

–Si quieres hacer un muñeco de nieve, no estoy de humor.

Él no se movió, aunque por la expresión de su cara, ella supo que tenía ganas de estrangularla.

–La nevada es importante –dijo Cooper calmadamente–. Cuando llegue el invierno, las posibilidades de que nos encuentren son muy pequeñas.

–Eso lo entiendo –respondió ella–. Lo que no entiendo es por qué tiene tan graves implicaciones en este momento.

–Porque antes de que pasemos otro día juntos, tenemos que aclarar ciertas cosas, establecer reglas. Si vamos a pasar todo el invierno aquí atrapados, tal y como parece, debemos comprender ciertas cosas.

–¿Por ejemplo?

–Como por ejemplo, que no puede haber más gimoteos y ataques de histeria. No pienso tolerar más actitudes de niña mimada.

–Oh, ¿de veras?

–De veras. Ya no eres una niña. No te comportes como si lo fueras.

–Entonces, tú puedes insultarme, y se supone que yo debo poner la otra mejilla, ¿No es así?

Por primera vez, él apartó la mirada con disgusto.

–No debería haber dicho lo que dije anoche.

–No, no deberías. No sé qué pensamientos tienes en tu sucia mente, pero no me culpes por ellos.

–Anoche estaba furioso contigo.

–¿Por qué?

–Sobre todo porque… no me caes muy bien,

pero quiero dormir contigo. Y con dormir, no me refiero a dormir en el estricto sentido de la palabra. Ahora no es momento de andarse con eufemismos, ¿no?

—No —respondió ella con la voz ronca.

—Espero que agradezcas mi sinceridad.

—La agradezco.

—Está bien. Entonces, creo que ambos nos atraemos físicamente. Dicho con claridad, queremos acostarnos. No tiene sentido, pero es un hecho. ¿No?

—¿No, qué?

—Di algo, por el amor de Dios.

—Sí, estoy de acuerdo contigo.

Cooper exhaló un largo suspiro.

—Bien. Entonces, sabiendo que no sería razonable hacer algo al respecto, y sabiendo que va a ser un invierno muy largo, tenemos algunos problemas que resolver.

—Cierto.

—Lo primero, dejaremos de insultarnos. Admito que en eso yo soy más culpable que tú. Vamos a prometer que no nos ofenderemos el uno al otro de aquí en adelante.

—Lo prometo.

Él asintió.

—El clima será nuestro enemigo. Un enemigo temible. Tendremos que dedicar toda nuestra atención y energías a protegernos del frío. No podemos permitirnos el lujo de pelearnos continuamente. Nuestra supervivencia depende de que podamos vivir juntos. Nuestra cordura depende de que lo hagamos pacíficamente.

—Te escucho.

Él hizo una pausa para reorganizar sus pensamientos.

—Tal y como yo lo veo, creo que nuestros papeles deberían ser tradicionales.

—Tú Tarzán, yo Jane.

—Más o menos. Yo traeré la comida. Tú la cocinarás.

—Tal y como has dicho repetidamente, no sé cocinar.

—Aprenderás.

—Lo intentaré.

—No te pongas a la defensiva si te doy algún consejo.

—Entonces, no hagas comentarios ruines sobre mi falta de habilidad en la cocina. Hay otras cosas que se me dan bien.

—Eso no lo discuto. Además, no quiero que me sirvas la mesa como si fueras una criada.

—Yo tampoco quiero eso de ti. Quiero hacer mi parte del trabajo.

—Yo te ayudaré a mantener la cabaña limpia y a hacer la colada.

—Gracias.

—Te enseñaré a disparar con más precisión para que puedas defenderte cuando yo me haya ido.

—¿Ido? —preguntó ella débilmente, como si el suelo se hubiera abierto a sus pies.

Cooper se encogió de hombros.

—Si el río se congela, quizá tenga que salir durante días a buscar comida.

Ella tendría que enfrentarse, con miedo, a aquellos días en los que se quedara sola en la cabaña, quizá durante días. Incluso un Cooper vulgar y ofensivo era mejor que no tener a Cooper.

—Y esto es lo más importante —dijo él—: Yo soy el jefe. No nos engañemos: ésta es una situación de vida o muerte. Tú lo sabrás todo sobre las cuestiones inmobiliarias de California, y el estilo de vida de los ricos y famosos; pero aquí, todo eso no vale de nada. En tu campo puedes hacer lo que quieras, pero aquí, tienes que obedecerme.

—Que yo recuerde, no he intentado usurpar tu puesto de macho protector.

—Y debes procurar no hacerlo. En el bosque no hay lugar para la igualdad entre los sexos.

Con aquello, zanjó la cuestión. Se levantó de la silla y le dijo:

—Ya es hora de que te levantes. He puesto el café al fuego.

Aquella mañana, las gachas de avena estaban mucho mejor que el día anterior. Al menos, no se pegaban al paladar, y estaban sazonadas con sal y azúcar. Cooper se tomó todo el desayuno, pero no le hizo ningún cumplido. Rusty no se ofendió en aquella ocasión: su falta de crítica era equivalente a un cumplido. Habían prometido que no se insultarían, pero no habían prometido que se dedicarían halagos.

Cooper salió después de desayunar y, cuando volvió a comer algo en mitad del día, había hecho un rústico calzado para la nieve con matorrales del bosque y enredaderas. Se ató las plataformas a las botas y comenzó a caminar por la cabaña para darles la forma del pie.

—Con esto será mucho más fácil llegar hasta el río.

Cooper pasó la tarde fuera de la cabaña. Ella limpió, pero no tardó más de media hora en realizar todas las tareas de la casa. Después, se quedó sin nada que hacer, salvo preocuparse hasta que, por la ventana, lo vio acercándose a la cabaña, al atardecer.

Rusty salió al porche para recibirlo con una taza de café caliente y una sonrisa tímida, sintiéndose un poco tonta por estar tan contenta al verlo volver sano y salvo.

Él se desató el calzado de nieve y lo dejó contra la pared de la cabaña.

—Gracias —le dijo a Rusty, mirándola mientras tomaba un trago de café.

Ella se dio cuenta de que él tenía los labios cuarteados y las manos agrietadas y rojas, pese a los guantes que llevaba cuando estaba fuera. Quería ofrecerle consuelo, pero no lo hizo. La perorata de aquella mañana desaconsejaba cualquier cosa salvo una tolerancia mutua.

—¿Has tenido suerte con la pesca? —le preguntó ella.

Él asintió, señalando con un gesto de la cabeza la cesta que había pertenecido a los Gawrylow y que él había encontrado detrás de la cabaña.

—La he llenado. Dejaremos unos cuantos peces fuera para congelarlos. Así tendremos comida durante los días en que yo no pueda ir al río. Y deberíamos empezar a rellenar contenedores con agua, por si acaso se hiela la tubería de la bomba.

Ella asintió y llevó la cesta de pescado dentro de la cabaña, orgullosa del aroma tan bueno que emitía su estofado. Lo había hecho con carne desecada que había encontrado entre los víveres de los Gawrylow. Cooper se tomó dos platos enteros y le alegró el día al decirle cuando terminó de comer:

—Bastante bueno.

Los días siguientes pasaron con aquella rutina. Cooper hacía sus tareas. Rusty cumplía las suyas. Él la ayudaba; ella lo ayudaba a él. Eran escrupulosamente amables, aunque distantes.

Sin embargo, aunque durante el día podían estar ocupados, las noches resultaban interminables. En cuanto el sol se ocultaba y se hacía de noche, la temperatura descendía tanto que era imposible permanecer en el exterior de la cabaña. Una vez que habían terminado la cena y fregado los platos, quedaba poco que hacer, porque dentro de la vivienda no había suficientes tareas como para mantenerlos enfrascados en el trabajo y separados. No tenían nada que hacer salvo mirar al fuego y evitar mirarse el uno al otro, algo que requería concentración por ambas partes.

La primera nevada se derritió al día siguiente, pero por la noche nevó otra vez, y continuó durante la mañana. A causa de las bajas temperaturas y el viento, Cooper volvió a la cabaña más pronto de lo normal, lo cual convirtió la jornada en algo mucho más insoportablemente largo.

Rusty lo observaba mientras él recorría la cabaña a grandes zancadas de un lado a otro. Aquellas cuatro paredes le estaban causando claustrofobia, y la inquietud de Cooper la irritaba más aún. Cuando lo vio rascarse la barbilla, cosa que había hecho repetidamente, le preguntó con aspereza:

—¿Qué sucede?

—¿A mí? ¿Por qué?

—¿Por qué no dejas de rascarte la barbilla?

—Porque me pica.

—¿Te pica?

—Es por la barba. Está en un momento que produce mucho picor.

—Bueno, pues con tanto rascarte me estás volviendo loca.

—Te aguantas.

—Si tanto te pica, ¿por qué no te afeitas?

—Porque no tengo cuchilla.

—Yo… sí tengo una. La tengo en mi neceser.

Rusty se levantó y fue a la estantería donde tenía su bolsa de aseo. Sacó una cuchilla desechable y se la mostró a Cooper. Y algo más.

—Ponte esto en los labios —le indicó, dándole una barra de brillo labial—. Me he dado cuenta de que los tienes agrietados.

Él tomó el tubo y se aplicó la crema. Cuando terminó, tapó el tubo y se lo devolvió. Ella le tendió la cuchilla.

—Gracias —dijo él—. Por casualidad no tendrás crema de manos, ¿verdad?

Rusty alzó las manos. Como las de él, estaban destrozadas por el agua, el viento y el frío.

—¿Te parece que han visto crema últimamente?

Las sonrisas de Cooper eran tan escasas que a ella se le derritió el corazón con la que él le dedicó en aquel momento. Notó un hormigueo en el estómago. Entonces, en un acto reflejo, él le tomó una de las manos y le besó ligeramente el dorso.

Rusty sintió las cosquillas que le hizo su bigote. Y, en una extraña correlación sin sentido, también sintió un cosquilleo en la garganta.

De repente, él se dio cuenta de lo que había hecho y le soltó la mano.

—Me afeitaré mañana por la mañana.

Rusty no quería que él le soltara la mano. De hecho, había tenido la tentación de darle la vuelta y acariciarle el bigote y los labios con la palma. Le latía con tanta fuerza el corazón que le resultaba difícil hablar.

—¿Y por qué no te afeitas ahora?

—No tengo espejo, y seguramente me cortaría.

—Yo puedo afeitarte —dijo Rusty, sin saber de dónde provenía aquel impulso. Lo había dicho sin pensar. Inconscientemente, había expresado su deseo de acariciarlo.

—Está bien —dijo Cooper, con la voz entrecortada.

Ella, con ciertos nervios una vez que él había aceptado su oferta, le dijo:

—¿Por qué no te sientas junto al fuego? Yo traeré las cosas.

—De acuerdo.

—Ponte una toalla por el cuello de la camisa —le dijo por encima del hombro mientras vertía en un cuenco agua de la tetera que había sobre la cocina.

Después acercó una silla a la de Cooper y posó allí el cuenco, la cuchilla, una pastilla de jabón y otra toalla.

—Sería mejor que me la humedeciera primero —dijo él. Humedeció la toalla en el cuenco de agua caliente—. ¡Ay! —exclamó cuando intentó escurrirla.

—Está muy caliente.

—Ya lo veo.

Entonces, él sacudió levemente la toalla para que se enfriara un poco. Después se la extendió por la cara para ablandarse la barba. Mientras, ella se mojó las manos en el cuenco y tomó la pastilla de jabón. Cooper la observó mientras frotaba el jabón hasta que tuvo las manos cubiertas de espuma.

—Cuando quieras —le dijo entonces Rusty, y se colocó tras él.

Poco a poco, Cooper bajó la toalla. Y poco a poco también, Rusty levantó las manos hacia su cara. Mirándolo desde arriba, los planos y ángulos de su rostro parecían más ásperos, más pronunciados. Sin embargo, sus pestañas tenían una vulnerabilidad que le dio ánimos para poner las palmas de las manos sobre sus mejillas.

Rusty sintió cómo él se ponía tenso al notar el contacto. Al principio, ella no movió las manos, sino que las dejó descansar sobre sus mejillas, mientras esperaba para saber si él iba a decirle que aquello no era buena idea.

Sin embargo, Cooper no dijo nada, y ella no quería dejarlo, así que comenzó a girar las manos sobre sus mejillas.

La sensación que le produjo su piel áspera por la barba contra las palmas de las manos era tentadora. Extendió la espuma por la mandíbula fuerte de Cooper, por la barbilla cuadrada, por el hoyuelo. Metió la yema del dedo meñique en el hoyuelo, pero no investigó todo lo que hubiera querido.

Después, le pasó las dos manos a la vez por el cuello, donde sintió su nuez y los latidos de su pulso. Él emitió un suave gruñido. Rusty se quedó inmóvil y lo miró.

—Vamos, empieza —gruñó él.

Con la cara parcialmente cubierta de espuma, Cooper no podía representar ninguna amenaza. Sin embargo, tenía los ojos encendidos, brillantes por el fuego, y Rusty supo que estaba controlando una violencia latente. Se colocó nuevamente tras él, fuera de su camino.

–No me cortes –le advirtió cuando ella llevó la cuchilla hacia su mandíbula.

–No lo haré, si no te mueves, y si te callas.

–¿Has hecho esto antes?

–No.

–Eso es lo que me temía.

Él dejó de hablar mientras ella daba la primera pasada por su mejilla.

–Bueno, no ha ido mal –dijo Rusty suavemente, mientras hundía la cuchilla en el cuenco. Cuando la parte inferior del rostro de Cooper estuvo limpia, dejó escapar un profundo suspiro de alivio y satisfacción, y añadió–: Suave como el culito de un bebé.

A él se le escapó una risa del pecho. Rusty nunca lo había oído reírse de pura diversión. Normalmente, sus carcajadas estaban teñidas de cinismo.

–No empieces a fanfarronear todavía. No has terminado. Que no se te olvide el cuello. Y, por Dios, ten cuidado con esa cuchilla.

—No está tan afilada.
—Ésas son las peores.
—Inclina la cabeza hacia atrás.

Él lo hizo. Descansó pesadamente contra el pecho de Rusty. Ella, incapaz de moverse durante un instante, mantuvo la cuchilla posada encima de su garganta. Para apartar la mente de la postura que ambos mantenían, se concentró en su tarea, lo cual sólo sirvió para empeorar las cosas. Cuando ella le hubo afeitado todo el cuello, él tenía la cabeza completamente apoyada entre sus pechos, y los dos eran muy conscientes de ello.

—Bueno, ya está —dijo Rusty.

Se apartó de él y dejó la cuchilla en el cuenco.

Él se quitó la toalla del cuello y se tapó la cara con ella. A Rusty le pareció que tardaba horas en moverse.

—¿Cómo te sientes? —le preguntó.
—Muy bien. Me siento muy bien.

Y entonces, se puso en pie bruscamente y arrojó la toalla a la silla. Tomó el abrigo del perchero y se lo puso.

—¿Adónde vas? —le preguntó ella con ansiedad.
—Fuera.
—¿Para qué?

Él le lanzó una mirada abrasadora, que nada tenía que ver con la tormenta de nieve que había más allá de la puerta abierta.

—Créeme, no quieres saberlo.

Cooper continuó comportándose de aquella extraña manera hasta el día siguiente. Durante toda la mañana, el tiempo había sido demasiado duro para bestias y para hombres, así que Rusty y él habían tenido que quedarse encerrados en la cabaña. Cooper no le prestó atención. Ella le respondió con la misma moneda. Después de varios intentos por trabar conversación con él, Rusty se rindió y se sumió en un silencio malhumorado, como él.

Fue un alivio que cesara de nevar y el aullido incesante del viento se acallara. Cooper anunció que iba a echar un vistazo fuera. Ella se preocupó por su seguridad, pero se abstuvo de intentar convencerlo para que se quedara. Ambos necesitaban espacio.

Además, ella necesitaba privacidad. La herida de la pierna había comenzado a picarle, puesto que se estaba cerrando, y la piel se le había puesto tensa y seca. Decidió que tenía que quitarse los puntos, y que se los quitaría sin involucrar a Cooper; su relación ya estaba siendo lo suficientemente difícil como para añadirle más tensión.

Cooper llevaba unos minutos fuera cuando ella se quitó toda la ropa. Había decidido lavarse con la esponja antes de quitarse los puntos. Cuando terminó de asearse, se sentó frente al fuego, envuelta en una manta. Cruzó las piernas y comenzó a examinarse los puntos. ¿Sería difícil quitárselos?

Decidió cortarlos con la cuchilla de afeitar. Con cierta aprensión, tomó aire y rozó la seda con la cuchilla.

En aquel momento, se abrió la puerta y Cooper entró en la cabaña, con zapatos de nieve y todo. Se había cubierto la cabeza con una piel y estaba envuelto de pies a cabeza. Con su propia respiración, se le había helado el bigote, y lo tenía blanco como un fantasma. Rusty dejó escapar un grito de miedo ante la aparición.

Sin embargo, su sorpresa no pudo compararse a la que sintió él. Ella era una visión tan sobrenatural como él, pero de distinta manera. Su silueta se dibujaba contra el fuego, y las llamas arrancaban brillos de su melena. Tenía una pierna levantada, dejando a la vista una seductora parte del muslo desnudo. La manta con la que se había abrigado se le había resbalado del hombro, y dejaba expuesto casi todo su pecho. Cuando él se fijó bien, a Rusty se le endureció el pezón a causa del frío que entraba del exterior.

Cooper cerró la puerta.

—¿Qué demonios estás haciendo así, ahí sentada?

—Creía que tardarías más en volver.

Cooper estaba a punto de volverse loco. O ella no comprendía el efecto que tenía en él, o quería usar su poder maliciosamente para hacerle perder la cabeza.

Frustrado, se quitó la piel de la cabeza y sacudió la nieve. Tiró los guantes a la mesa. Después, se quitó el calzado de nieve.

—¿Qué demonios haces? —insistió.

—Me estaba quitando los puntos.

—¿Cómo?

—Me pican mucho. La herida se ha cerrado. Ya es hora de que me los quite.

—¿Con la cuchilla?

—¿Qué me recomendarías tú?

Él atravesó la habitación de dos zancadas. Se sacó el cuchillo de caza de la funda de la cintura y se arrodilló ante ella.

—¡Que uses esto!

Entonces, desenroscó el mango del cuchillo y sacó varias herramientas diminutas cuya existencia Rusty desconocía. Entre ellas había unas tijeritas. En vez de alegrarse, Rusty se puso furiosa.

—Si tenías esas tijeras, ¿por qué me cortaste las uñas con el cuchillo?

—Me apetecía. Ahora, dame la pierna —le ordenó Cooper, extendiendo la mano.

—Yo lo haré.

—Dame la pierna. Si no lo haces, meteré la mano dentro de la manta, y no se sabe qué podría encontrar antes de agarrarte la pantorrilla.

De mala gana, ella sacó la pierna desnuda de la manta.

—Gracias —dijo él con sarcasmo.

—Tu bigote me está goteando encima.

El agua helada estaba empezando a derretirse. Él se la secó con la manga de la camisa, pero no le soltó el pie a Rusty. A ella le encantaba aquella sensación, aunque luchara por reprimir el disfrute. Sin embargo, no pudo evitar estallar por dentro cuando él le metió el pie en el hueco de entre sus muslos. Rusty emitió un jadeo de sorpresa al notar el bulto sólido y firme que le llenó el arco.

Él la miró burlonamente.

—¿Qué pasa?

—Nada. Tienes las manos frías.

El brillo de sus ojos le dio a entender a Rusty que sabía que estaba mintiendo. Sonriendo, inclinó la cabeza y comenzó su tarea. El cortar los hilos de seda no fue problema.

—Esto no te va a doler, pero quizá te pique un poco —le advirtió él cuando iba a comenzar a tirar de los puntos para sacar el hilo. Al tirar del primero, por un acto reflejo, Rusty dio un tirón con el pie contra el cuerpo de Cooper.

—Ah, Dios —gruñó él—. No hagas eso.

No, no iba a hacerlo. Claro que no. Mantendría el pie inmóvil, aunque él tuviera que tirar de los puntos con los dientes. Cuando él terminó de quitárselos, cosa que hizo con unas pinzas, ella tenía los ojos llenos de lágrimas de tensión y ansiedad. Él había sido tan cuidadoso como había sido posible, y Rusty se lo agradecía, pero no había sido agradable. Ella le puso la mano sobre el hombro.

—Gracias, Cooper.

Él encogió el hombro para quitarse la mano de encima.

—Vístete. Y date prisa con la cena —le ordenó con la amabilidad de un cavernícola—. Me muero de hambre.

Poco después de aquello, comenzó a beber.

Las botellas de whisky estaban entre las provisiones de los Gawrylow. Cooper las había descubierto el día que habían limpiado la cabaña. Había chasqueado la lengua de satisfacción, pero eso había sido antes de que probara el licor. Se tomó un buen trago y tuvo la sensación de que le bajaba una bola de fuego por la garganta hasta el estómago, donde aterrizó como un meteoro.

Rusty se rió ante su espasmo de tos. Él, sin embargo, no pensó que fuera gracioso. Después de que recuperara el uso de las cuerdas vocales, le dijo a Rusty que no se riera, porque él se había abrasado el esófago.

Hasta aquel momento, él no había vuelto a tocar las botellas. Sin embargo, después de encender el fuego, tomó una de ellas, le quitó el tapón y, ante la sorpresa de Rusty, tomó un trago. Después otro. Al principio, ella pensó que estaría bebiendo para calentarse; su expedición al exterior había sido corta, pero lo suficientemente larga como para que se le congelara el bigote.

Sin embargo, aquella excusa no duró mucho. Cooper no dejó de beber. Se llevó la botella y una taza ante el fuego, y allí se sentó hasta que Rusty lo avisó para sentarse a cenar. Entre bocado y bocado del estofado de conejo que ella había preparado, Cooper siguió bebiendo whisky.

Al cabo de un rato, ella le dijo:

—Creía que no podías beber eso.

Él no se tomó aquel comentario como una muestra de preocupación, sino como una reprimenda.

—¿Acaso piensas que no soy lo suficientemente hombre?

—¿Cómo? —preguntó Rusty con desconcierto—. No. Quiero decir, sí, creo que eres todo un hombre. Pensaba que no te gustaba el sabor de ese licor.

—No lo bebo porque me guste, sino porque es todo lo que tengo.

Rusty vio en sus ojos que estaba deseando provocar una pelea, y ella no tenía ganas de concederle aquel deseo. Así pues, se mantuvo en silencio hasta que terminaron. Entonces, él se apartó de la mesa, tambaleándose, y se acercó a la chimenea nuevamente. Allí siguió tomando whisky, sumido en un silencio malhumorado.

Rusty recogió los platos y los fregó, y después barrió el suelo. Después anunció:

—Yo, eh... creo que me voy a acostar, Cooper. Buenas noches.

—Siéntate.

Ella, que ya estaba a medio camino de la cama, se detuvo en seco y se volvió a mirarlo.

—Siéntate —repitió él.

—Voy a...

—He dicho que te sientes.

Sabiendo que lo mejor sería no provocarle, Rusty se sentó en la silla que había frente a él, de mala gana.

—Estás borracho.

—Exacto.

—Muy bien. Haz el ridículo. A mí no me importa, pero me da vergüenza ajena verte, así que si no te importa, preferiría irme a la cama.

—Sí me importa. Quédate ahí.

—¿Por qué? ¿Qué es lo que quieres?

—Mientras me emborracho, quiero que estés ahí sentada para que pueda mirarte e imaginarte... desnuda.

Rusty se levantó de la silla como impulsada por

un resorte. Aparentemente, sin embargo, no parecía que ningún grado de embriaguez pudiera afectar a los rápidos reflejos de Cooper, que le agarró la manga, tiró de ella y la obligó a sentarse de nuevo.

—Te he dicho que te quedes ahí.

—Suéltame. Déjame en paz —le dijo ella, fingiendo que tenía valor.

—No voy a tocarte.

—Entonces, ¿qué?

—Digamos que esto es una especie de satisfacción... masoquista. Estoy seguro de que tú encontrarás la palabra adecuada para ello.

—Sé cual es la palabra adecuada para ti. Sé varias, de hecho.

Él se rió.

—Ahórratelas. Ya las he oído todas. En vez de insultarme a mí, hablemos de ti. De tu pelo, por ejemplo.

Ella se cruzó de brazos y miró al cielo con una expresión de supremo aburrimiento.

—¿Sabes lo que pensé la primera vez que vi tu pelo? —Cooper se inclinó hacia delante y susurró—: Pensé en lo bueno que sería tenerlo extendido por mi vientre.

Rusty lo miró nuevamente, alarmada.

—Estabas en la pista de despegue, al sol, hablando con un hombre... con tu padre. Pero entonces, yo no sabía que era tu padre. Te vi abrazarlo y darle un beso en la mejilla. Y pensé que aquel desgraciado con suerte sabía lo que era jugar con tu pelo en la cama.

—No sigas, Cooper —le dijo ella, apretando los puños.

—Cuando subiste a la avioneta, yo quería alargar el brazo y acariciarte el pelo. Quería tomarlo a puñados, usarlo para atraerte hacia mi cuerpo.

—¡Déjalo ya!

—Te gusta oírlo, ¿verdad?

—No.

—Te gusta saber que tienes ese poder sobre los hombres.

—Estás confundido. Muy confundido. Me sentía muy azorada al ser la única mujer de toda la avioneta.

—¿Como hoy?

—¿Hoy? ¿A qué te refieres?

—Cuando entré, te encontré desnuda, envuelta en una manta.

—Eso no fue calculado. Yo no sabía que tú ibas a volver tan pronto. Nunca lo haces. Normalmente estás fuera durante varias horas. Por eso decidí lavarme con la esponja mientras tú no estabas.

—En cuanto entré por la puerta supe que te habías lavado. Olí el jabón en tu piel. Me dejaste que te viera el pecho, ¿verdad?

—¡No!

—¡Y un cuerno!

—¡No es cierto! Cuando me di cuenta de que se me había resbalado la manta, yo...

—Demasiado tarde. Te vi el pezón, sonrosado y duro.

—No digas nada más. Acordamos que no nos insultaríamos.

—No lo estoy haciendo. Quizá sólo me esté maltratando a mí mismo, pero no a ti.

—Sí, sí lo estás haciendo. Por favor, Cooper, déjalo. No sabes...

—¿Lo que estoy diciendo? Sí lo sé. Lo sé exactamente. Podría besarte los pechos durante una semana sin cansarme.

—No me hables así.

—¿Por qué no?

—Porque no me gusta.

Él le dedicó una sonrisa petulante, escéptica.

—¿No te gusta que te diga que quiero tocarte todo el cuerpo? ¿Que he fantaseado con acostarme contigo?

—¡Ya está bien! —Rusty se levantó de la silla e intentó escapar hacia la puerta.

Sin embargo, Cooper era demasiado rápido para ella. La atrapó en dos pasos y la abrazó con fuerza.

—Si era mi destino quedar atrapado en este lugar, ¿por qué tenía que ser con una mujer como tú? —preguntó él en un susurro, como si buscara una explicación lógica—. ¿Por qué tienes que ser tan condenadamente guapa y atractiva?

—No quiero esto. Suéltame —dijo ella, forcejeando para liberarse.

—Tenía que quedarme atrapado con una cualquiera a la que le gusta provocar y volver locos a los hombres. Contigo.

—Te lo advierto, Cooper —dijo ella, y consiguió que la soltara dándole un fuerte empujón. Lo despreciaba por haberle hecho pasar por aquello—. Apártate de mí. Si no lo haces, me defenderé con el cuchillo que me diste. ¿Me oyes? No vuelvas a tocarme.

Entonces, ella se tumbó sobre su cama, con las mejillas sobre la almohada, intentando que las frías sábanas le aliviaran el calor que sentía en las mejillas, reprendiéndose a sí misma por no haber podido evitar la reacción involuntaria que le había producido todo lo que él había dicho, por muy desagradable que fuera.

Cooper se quedó en mitad de la estancia. Se pasó ambas manos por el pelo para apartárselo de la cara. Después volvió a sentarse frente a la chimenea.

Cuando Rusty se atrevió a mirarlo, aún estaba sentado allí, bebiendo whisky con aire taciturno.

A la mañana siguiente, ella sintió pánico al comprobar que Cooper no había dormido en la cabaña. ¿Habría salido durante la noche? ¿Le habría ocurrido algo terrible? Apartó las mantas de un manotazo, corrió hacia la puerta y la abrió.

Se dejó caer contra el marco de la puerta, abrumada por la sensación de alivio, al ver a Cooper cortando troncos. El cielo estaba despejado. Brillaba el sol. La temperatura era relativamente suave. Cooper ni siquiera se había puesto el abrigo. Tenía la camisa suelta, y cuando él se dio la vuelta, Rusty se dio cuenta de que ni siquiera se la había abotonado.

Él también la vio, pero no dijo nada. Arrojó varios troncos cortados por la mitad a una pila que había a un lado del porche. Tenía un color verdoso en el rostro, y los ojos enrojecidos.

Rusty entró de nuevo, pero dejó la puerta abierta para ventilar la cabaña. Hacía frío, pero el sol tenía un efecto purificador. Parecía que dispersaba la hostilidad y las sombras de la vivienda.

Rápidamente, Rusty se lavó la cara y los dientes y se cepilló el pelo. El fuego de la cocina se había apagado por completo, pero ella ya había aprendido a encenderlo. En pocos minutos, estaba haciendo café.

Para variar, en vez de gachas de avena, aquel día cocinó jamón y arroz para desayunar. También abrió un bote de melocotón en almíbar y lo puso en un cuenco. Sirvió la comida en la mesa y esperó, sabiendo que Cooper no tardaría en entrar.

Y tenía razón. Él apareció un momento más tarde. Su paso era considerablemente más torpe de lo normal. Mientras se estaba lavando las manos en el fregadero, Rusty sacó dos aspirinas del maletín de primeros auxilios y las dejó junto a su plato.

Él las miró cuando llegó a la mesa, y después se las tomó con un vaso de agua.

—Gracias —dijo y, cuidadosamente, se sentó a desayunar.

—De nada.

Ella le sirvió una taza de café y él la tomó con las manos temblorosas.

—¿Cómo te encuentras?

—Me duele todo.

Ella contuvo una sonrisa. También tuvo que reprimir la tentación de acariciarle el pelo y apartárselo de la frente.

—¿Puedes comer algo?

—Eso creo. Me he pasado toda la noche vomitando en el servicio. No me queda nada en el cuerpo.

Tomó aire y partió una pequeña porción de jamón. Se la llevó a la boca, la tragó y, cuando estuvo seguro de que iba a permanecer en el estómago, tomó otro bocado, y otro, y después comió normalmente.

—Está bueno —dijo, después de varios minutos de silencio.

—Gracias. Mejor que las gachas, por un día.

—Sí.

—Me ha parecido que hace una temperatura mucho más agradable que ayer.

—Quizá tengamos suerte y disfrutemos de más días como éste antes de que llegue la próxima tormenta.

—Eso sería muy agradable.

—Mmm. Podría hacer muchas cosas por aquí.

Nunca habían tenido una conversación despreocupada y amable como aquélla. Aquella charla era más embarazosa que ninguna de sus discusiones, así que la dejaron morir. Terminaron la comida en silencio, y se tomaron una segunda taza de café.

Cuando Rusty se puso en pie para limpiar la mesa, Cooper le dijo:

—Creo que las aspirinas me han hecho efecto. Casi no me duele la cabeza.

—Me alegro.

Él carraspeó sonoramente y jugueteó con el cuchillo y el tenedor que había dejado en el plato.

—Mira, respecto a lo de anoche, yo... eh... no tengo excusa.

Ella sonrió comprensivamente.

—Si yo hubiera podido soportar ese whisky, también me habría emborrachado. Ha habido muchas ocasiones, después del accidente, en las que yo he necesitado una vía de escape así. No tienes que disculparte.

Ella alargó el brazo para tomar el plato de Cooper, y él le atrapó la mano. Aquel gesto, al contrario que todo lo que él había hecho desde que ella lo había conocido, fue inseguro, titubeante.

—Estoy intentando pedirte perdón por las cosas que dije.

Mirándolo fijamente, Rusty le preguntó con suavidad:

—¿Lo decías en serio, Cooper?

Sabía lo que hacía. Lo estaba invitando a que le hiciera el amor. Quería que lo hiciera. No tenía sentido seguir engañándose. Nunca otro hombre le había gustado tanto y, aparentemente, la atracción era mutua.

No conseguirían conservar la cordura si no satisfacían aquel anhelo físico. Quizá pudieran sobrevivir todo el invierno sin convertirse en amantes, pero para la primavera, se habrían transformado en dos maníacos. Aquel deseo apasionado, aunque no fuera razonable, no podía reprimirse durante más tiempo.

Cooper alzó la cabeza lentamente.

–¿Qué has dicho?

–Te he preguntado si ayer hablabas en serio.

–Sí –dijo él con rotundidad.

Cooper era un hombre de acción, no de palabras. La agarró por la nuca, haciendo que inclinara la cabeza hacia atrás para besarla. Emitió un sonido de animal salvaje mientras usaba los labios para separar los de ella. Con la lengua, comenzó a explorar su boca. Rusty se lo agradeció.

Entonces, él se puso en pie y su silla cayó hacia atrás con un gran estruendo, pero ninguno de los dos lo notó. Él le rodeó la cintura con los brazos y ella lo abrazó por el cuello. Él se aferró a ella; cuando Rusty arqueó el cuerpo contra el de Cooper, él se arqueó contra ella para complementarse.

–Oh, Dios –susurró Cooper, cuando apartó los labios de su boca y los deslizó por el cuello suave de Rusty.

Mientras le pasaba las manos por el pelo, hizo

que echara la cabeza hacia atrás y la miró con atención. Ella reaccionó sin timidez.

—Bésame otra vez, Cooper.

Él lo hizo, con hambre, con ardor. Le cortó la respiración. Mientras la besaba, bajó la mano hasta la parte delantera de sus pantalones y se los desabrochó. Después, metió la mano por la cintura de sus bragas, y Rusty jadeó. Había pensado que sería una seducción progresiva, que habría juegos preliminares.

Sin embargo, no lamentó que no sucediera. El atrevimiento y la impaciencia de Cooper eran un potente afrodisíaco. Encendieron todo su deseo, y ella elevó las caderas hacia delante y permitió que él se llenara la palma de la mano con su suavidad.

Entre murmullos apasionados, él se desabrochó la bragueta del pantalón y liberó su miembro viril, caliente y lleno, y lo apretó contra los muslos de Rusty.

—Siento tu vello contra el cuerpo —le dijo con la voz ronca, al oído—. Es muy suave.

Aquel mensaje erótico hizo que a Rusty le temblaran las rodillas. Se apoyó contra el borde de la mesa y posó las manos en las caderas de Cooper, por dentro de sus pantalones.

—Por favor, Cooper, ahora.

Con un movimiento rápido y puro, él penetró

en su cuerpo sólidamente. Ella emitió un jadeo de placer y dolor al mismo tiempo. Él contuvo la respiración, y ambos se aferraron el uno al otro, como si su existencia dependiera de que no se soltaran nunca. Aquella unión era esencial para sobrevivir.

Fue imposible saber quién se movió primero. Quizá fuera simultáneamente. Después de un instante inicial de completo goce con su posesión total, Cooper comenzó a hundirse más profundamente. Unió sus caderas a las de ella, extendiéndose, ensanchándola, persiguiendo un objetivo que parecía ser el núcleo del alma de Rusty.

Ella, gritando de éxtasis, echó la cabeza hacia atrás, y él le besó el cuello al azar, aunque ya ninguno podía llevar más allá aquel fuego. El cuerpo de Cooper se volvió más caliente y más duro a cada salvaje embestida.

Después, él ya no pudo controlarse más.

–Eres una mujer muy bella.

Rusty miró a su amante. Tenía uno de los brazos doblados detrás de la cabeza, y la otra apoyada en su hombro. Su postura era provocativa, tal y como ella quería. No le importaba que tuviera los pechos a la vista, atrevida y tentadoramente. Quería exhibirlos para que él los admirara. Disfrutaba del hecho de ver cómo los ojos de Cooper brillaban con una luz tenue cada vez que los miraba.

Quizá él hubiera tenido razón todo aquel tiempo. Ella había tenido un comportamiento muy poco pudoroso desde que lo había conocido. Quizá se hubiera sentido seductora, deliberadamente, porque lo había deseado desde el principio. Aquello era lo que había deseado: un rato de languidez después de haber tenido unas relaciones sexuales que la habían dejado saciada.

—¿Te parece que soy bella? —le preguntó con coquetería y timidez.

—Sabes que sí.

—No tienes que decírmelo con irritación.

—Pero es que estoy enfadado. No quería rendirme ante tus encantos, pero he perdido la batalla con mi propia lujuria.

—Me alegro de que haya sido así —replicó Rusty, y lo besó suavemente en los labios.

Él le acarició suavemente el ombligo.

—Por el momento, yo también.

—¿Por qué dices «por el momento»?

No habían tardado ni un segundo en desnudarse y poner la camilla junto a la chimenea. Allí, desnudos sobre un lecho de pieles, Rusty parecía un premio de batalla de un vándalo. Cooper nunca había sido poético, y menos después del sexo. Aquel pensamiento hizo que sonriera.

Miró su cuerpo y dijo:

—No importa.

—Dímelo.

—Es algo que tiene que ver contigo, conmigo y con quién somos. Pero de verdad, ahora no quiero hablar de ello.

Entonces, él bajó la cabeza y le besó los rizos de color canela que tenía entre los muslos. Automáticamente, sintió que su cuerpo respondía. Ella emitió un gemido bajo que funcionó tan efectivamente como una caricia. Cooper suspiró de placer.

—¿Sabías que eres muy pequeña? —susurró en el triángulo de rizos.

Los muslos de Rusty se relajaron y se separaron. Él deslizó sus dedos dentro de ella.

—¿De veras?

—Sí.

—No tengo tanta experiencia.

—¿Cuántos?

Ella titubeó. Finalmente, dijo en voz baja:

—Menos de los que se pueden contar con una mano.

—¿Menos de cinco?

—Sí.

—¿Menos de tres? —insistió Cooper, y ella apartó la mirada—. ¿Sólo uno?

Ella asintió.

Cooper sintió una extraña emoción al saberlo, algo parecido a la felicidad.

—Y no vivías con él, ¿verdad, Rusty?

—No.

Ella ladeó la cabeza y se mordió el labio debido a las caricias incesantes de Cooper.

—¿Por qué no?

—Mi padre y mi hermano no lo hubieran aprobado.

—¿Todo tiene que contar con la aprobación de tu padre?

—Sí... no... yo... Cooper, por favor, para —le pidió con la voz entrecortada—. No puedo pensar cuando haces eso.

—Pues no pienses.

—Pero no quiero... ya sabes... oh, no, por favor...

Después de que los últimos destellos de luz se hubieran desvanecido, Rusty abrió los ojos y vio la sonrisa burlona de Cooper.

—No ha sido tan malo, ¿no?

Ella se dio cuenta de que tenía las energías justas

para responder a su sonrisa, y alargó la mano para acariciarle el bigote con las puntas de los dedos.

—No quería que fuera tan rápido. Quería mirarte un poco más.

—Supongo que eso pone punto final a la conversación sobre tu padre y tú.

Rusty frunció el ceño.

—Es algo muy complicado, Cooper. Mi padre quedó destrozado cuando Jeff murió. Yo también. Jeff era… maravilloso. Podía hacerlo todo.

Cooper la besó suavemente en los labios.

—No todo —le dijo—. No podía…

Se inclinó hacia ella y le susurró al oído lo que Jeff no podía hacer con él, con una palabra que hizo que Rusty enrojeciera hasta la raíz del cabello, pero no de ofensa, sino de placer.

—Entonces, ¿lo ves? No hay razón para que te sientas inferior a tu hermano.

Antes de que ella pudiera argumentar en contra de aquello, él selló sus labios con un beso.

—¿Y qué era eso de mirarme más?

—No te he mirado todo lo que quería.

Entonces, Rusty deslizó la mirada por el pecho de Cooper y lo acarició. Mientras ella lo exploraba, él le mordisqueó la oreja y el cuello. Cuando Rusty le acarició un pezón, tomó aire bruscamente. Alarmada, ella apartó la mano. Entonces,

Cooper se la tomó y volvió a ponérsela en el torso.

—No ha sido doloroso ni molesto —le explicó él con la voz ronca—. Es como si hubieras conectado dos cables. No estaba preparado para la impresión. Hazlo de nuevo, todas las veces que quieras.

Y ella lo hizo. Lo hizo hasta que la respiración de Cooper se volvió irregular.

—Hay algo más que necesita tus atenciones, pero quizá no deberíamos dárselas, si queremos que esto sea lento y relajado.

—Deja que te acaricie.

Él no pudo negarse, ante una petición tan entrecortada. Cerró los ojos con fuerza y soportó las caricias curiosas de Rusty hasta que no pudo soportarlo más. Después, le levantó la mano y se la besó.

—Es mi turno —dijo él.

Ella aún tenía uno de los brazos doblados tras la cabeza. Los pechos le sobresalían del torso, como cúpulas perfectas coronadas con deliciosas crestas rosadas. Él las cubrió con las manos y se las apretó.

—¿Demasiado fuerte? —le preguntó él al ver la expresión de Rusty.

—Demasiado maravilloso —respondió ella con un suspiro.

—La noche en que te besé aquí —le dijo Cooper, tocándole con un dedo la parte superior del pecho.

—¿Sí?

—Quería hacerte la marca.

Ella abrió los ojos de par en par.

—¿Por qué?

—Porque soy malvado.

—No, no lo eres. Sólo quieres que todo el mundo piense que lo eres.

—Y funciona, ¿no?

Ella sonrió.

—Algunas veces, yo he pensado que eras malo. Otras veces creo que estás sintiendo mucho dolor y que eres miserable deliberadamente porque no conoces otro modo de enfrentarte al sufrimiento. Creo que tiene que ver con lo que te pasó en el campo de prisioneros.

—Quizá.

—¿Cooper?

—¿Mmm?

—Hazme otra marca, si quieres.

Él la miró a los ojos. Después, se tumbó sobre ella y la besó profundamente, mientras le acariciaba los pechos. Le besó el cuello también, mordisqueándoselo con delicadeza, y le besó las clavículas, hasta que llegó a la curva superior de sus pechos.

—Creo que esa marca es una manera primitiva de marcarte como si fueras mí. Ahora ya no tengo que marcarte. Me perteneces. Aunque sólo sea durante un tiempo.

Rusty quería preguntarle acerca de aquella última frase, pero los labios de Cooper paseándose por su piel le privaron de la capacidad de pensamiento. Él le besó cada centímetro de los senos, evitando los pezones. Después le lamió la piel, y cuando Rusty no creía que fuera capaz de soportarlo más, lo tomó por el pelo y guió su boca hasta los picos erectos y doloridos.

Él pasó la lengua por encima, ligeramente, habilidosamente, hasta que ella no podía dejar de mover la cabeza de un lado a otro. Cuando Cooper cerró los labios alrededor del pezón y ejerció una presión caliente con la boca, ella gritó su nombre.

—Oh, nena, eres preciosa —murmuró él, y pasó de un pecho al otro. Su boca era voraz, pero muy tierna.

—¿Cooper?
—¿Mmm?
—¿Cooper?
—¿Mmm?
—¿Cooper?

Ella le obligó a alzar la cabeza y lo miró a los ojos.

—¿Por qué lo hiciste?
—¿Qué?
—Ya sabes qué —le dijo ella, humedeciéndose los

labios nerviosamente–. ¿Por qué te retiraste antes de…

Rusty se sentía aprensiva y decepcionada, exactamente igual que cuando, en el último segundo del placer, él la había engañado y le había robado aquel definitivo sentimiento de tenerlo dentro.

Cooper se quedó inmóvil. Durante un segundo, ella pensó que lo había enfadado y que se iba a ir de la camilla. Después de un momento tenso, largo, él la miró a los ojos.

—Supongo que mereces una explicación —susurró. Ella no dijo nada. Él pronunció su nombre con un suspiro.

—Quizá pasemos mucho tiempo aquí. No creo que ninguno de los dos pueda permitirse el lujo de tener otra boca más que alimentar.

—¿Un bebé? —preguntó ella, sobrecogida.

Pensó en la idea de tener un hijo y no le pareció en absoluto repugnante. De hecho, en sus labios se dibujó una sonrisa.

—No lo había pensado.

—Yo sí. Los dos somos jóvenes y estamos sanos. No tenemos métodos anticonceptivos. No quiero arriesgarme.

—Pero, si ocurriera algo así —respondió ella excitadamente—. Nos encontrarían antes de que naciera el bebé.

—Probablemente, pero...

—Y si no nos encontraran, yo sería la responsable de alimentarlo.

Aquella charla sobre tener un hijo le estaba revolviendo el estómago a Cooper. Apretó los labios con dureza, pero al ver el rostro ilusionado, casi ingenuo, de Rusty, su expresión se suavizó.

—Eso es —dijo para cortar la conversación—. No puedo soportar la idea de compartirte con alguien más.

—Pero...

—Lo siento. Así es como tienen que ser las cosas.

Ella quiso protestar y seguir hablando del tema, pero él usó las manos, los labios y la lengua con tanto talento que ambos se disolvieron en un orgasmo simultáneo antes de que ella se diera cuenta de que una vez más, Cooper se había retirado de su cuerpo justo a tiempo.

Se mantuvieron tan saciados de sexo que no sintieron hambre, ni cansancio, ni frío. Hicieron el amor durante todo el día y durante toda la noche. Finalmente, agotados, se envolvieron en las pieles, se entrelazaron el uno con el otro y se quedaron dormidos.

Sólo el inesperado ruido de las aspas de un helicóptero pudo interrumpir su sueño.

Iba a perder el helicóptero. Lo sabía. Siempre lo hacía, pero seguía corriendo de todos modos. La maleza de la selva le bloqueaba el camino. Él se abría camino hacia el claro, y corría tanto que le ardían los pulmones. Su respiración era muy profunda y tan sonora que lo ensordecía.

Sin embargo, aún podía oír las aspas del helicóptero. Cerca. Muy cerca. Hacía mucho ruido.

«Esta vez tengo que conseguirlo», se dijo. «Tengo que conseguirlo, o me atraparán de nuevo».

Sin embargo, sabía que no lo conseguiría aunque siguiera corriendo. Corriendo. Corriendo...

Como siempre, después de tener aquella pesadilla, Cooper se incorporó en la cama, angustiado, sudoroso. Dios, aquella vez había sido un sueño muy real. El ruido de aquellas aspas...

De repente, se dio cuenta de que todavía oía el helicóptero. ¿Estaba despierto? Sí, lo estaba. Allí estaba Rusty también, durmiendo plácidamente a su lado. Aquello no era Vietnam. Era Canadá. Y, por Dios, ¡había oído un helicóptero!

Se puso en pie y atravesó la cabaña descalzo, pisando el suelo helado. Desde el día que habían dejado pasar el avión de búsqueda, la pistola de señales estaba en la estantería que había junto a la puerta. La tomó de camino a la salida. Cruzó el porche y saltó al suelo, aún desnudo, pero con la pistola de señales bien agarrada en la mano derecha.

Se protegió los ojos del sol con la mano izquierda y miró al cielo. El sol era tan brillante que no le dejaba ver con claridad. Sólo tenía seis bengalas, y no debía malgastarlas. Cada una de ellas contaba. Sin embargo, aún oía el helicóptero. Por lo tanto, actuó por impulso y disparó dos de ellas directamente hacia arriba.

—Cooper, ¿es un...

—¡Un helicóptero!

Rusty salió al porche y le lanzó unos pantalones vaqueros. Cuando se había despertado, había oído el sonido de las aspas y se había vestido rápidamente. Ella también estaba, en aquel momento, con los ojos clavados en el cielo.

—¡Deben de haber visto las bengalas! —exclamó él con excitación—. ¡Están volviendo!

—No lo veo, ¿cómo lo sabes?

—Reconozco el sonido.

En segundos, el aparato apareció sobre la cabaña. Cooper y Rusty comenzaron a agitar los brazos y a gritar, aunque era evidente que los dos ocupantes del helicóptero los habían visto.

—¡Nos han visto! ¡Oh, Cooper, Cooper!

Rusty se lanzó contra él. Cooper la abrazó con fuerza y la hizo girar en el aire.

—¡Lo hemos conseguido, nena, lo hemos conseguido!

El claro que rodeaba la cabaña era lo suficientemente grande como para dar cabida al helicóptero. Cuando aterrizó, Rusty y Cooper se acercaron corriendo a él. El piloto se desabrochó el cinturón de seguridad y bajó. Se agachó bajo las aspas y corrió a recibirlos.

—¿Señorita Carlson? —preguntó, con un marcado acento sureño. Rusty asintió, sintiéndose de repente apocada, sin palabras. Con timidez, se aferró al brazo de Cooper.

—Cooper Landry —dijo Cooper, estrechándole la mano al piloto con energía—. Estamos muy contentos de verlos.

—Nosotros también. El padre de la señorita

Carlson nos contrató para que la buscáramos. Las autoridades no estaban haciendo el trabajo a su gusto.

—Eso es típico de mi padre —gritó Rusty, por encima del sonido de las aspas.

—¿Son los únicos que han sobrevivido? —les preguntó el piloto. Ellos asintieron con consternación—. Entonces, a menos que quieran recoger algo, vayámonos a casa. Su padre va a ponerse muy contento al verla, señorita.

Cooper y Rusty volvieron a la cabaña el tiempo justo para vestirse adecuadamente. Él recogió su carísimo rifle de caza y, con eso, salieron. Cuando atravesaban la puerta, Rusty miró con nostalgia hacia el interior de la cabaña. Al principio, despreciaba aquel lugar. Sin embargo, en el momento de marcharse, sintió una punzada de tristeza.

No parecía, sin embargo, que Cooper compartiera aquel sentimiento. El piloto y él estaban riéndose y bromeando. Acababan de descubrir que eran veteranos de la misma guerra.

—Me llamo Mike —dijo el hombre mientras los ayudaba a subir a los asientos—. Y él es mi hermano gemelo, Pat —añadió. El otro piloto los saludó.

El helicóptero se elevó por encima del suelo y rozó las copas de los árboles antes de ganar altitud.

—Una avioneta de búsqueda divisó el lugar del

accidente hace varios días —les gritó Mike desde el asiento delantero, y señaló hacia abajo.

Rusty observó la vista. Se sorprendió de que hubieran recorrido tanta distancia a pie, sobre todo teniendo en cuenta que Cooper había tenido que arrastrar la camilla. Supo que no habría sobrevivido de no ser por él. ¿Y si Cooper hubiera muerto en el accidente? Se estremeció al pensarlo, y apoyó la cabeza en su hombro. Él le pasó un brazo por los hombros y la atrajo hacia sí. Ella posó la mano en su muslo, con un gesto inconsciente de confianza.

—Los otros cinco murieron en el impacto —les dijo Cooper a los pilotos—. Rusty y yo íbamos sentados en la última fila. Supongo que por eso sobrevivimos.

—Cuando llegó el informe de que el avión no se había quemado, el señor Carlson insistió en enviar un grupo de búsqueda para los supervivientes. Nos contrató a mi hermano y a mí en Atlanta. Estamos especializados en misiones de rescate —explicó Mike. Se volvió hacia ellos y les preguntó—: ¿Cómo es que acabaron en esa cabaña?

Cooper y Rusty intercambiaron una mirada de preocupación.

—Nos ahorraremos la historia, si no les importa, para sólo tener que contarla una vez —dijo Cooper.

Mike asintió.

—Voy a avisar por radio de que han sido rescatados. Hay mucha gente que ha estado buscándolos. Ha hecho muy mal tiempo. Hasta ayer, cuando el temporal remitió, tuvimos que quedarnos en tierra. Empezamos la búsqueda hoy, al amanecer.

—¿Adónde van a llevarnos? —preguntó Cooper.

—A Yellowknife.

—¿Está allí mi padre?

Mike negó con la cabeza.

—Está en Los Ángeles. Supongo que hará que los lleven allí antes de que acabe el día.

Aquélla era una buena noticia para Rusty. No sabía por qué, pero temía el momento de tener que decirle a su padre los detalles de aquella terrible experiencia. El hecho de saber que no tendría que enfrentarse a él inmediatamente supuso un alivio, quizá por lo que había pasado aquella última noche. No había tenido tiempo de analizarlo. Quería saborear la experiencia que había tenido con Cooper.

Rusty y él permanecieron abrazados durante todo el trayecto. Cuando llegaron al aeropuerto, Mike miró hacia abajo y señaló con la cabeza hacia la multitud.

—Han atraído a mucha gente.

Rusty y Cooper vieron que el aeropuerto estaba abarrotado. La gente no respetaba las áreas restringidas de la pista de aterrizaje. Había furgonetas con logotipos de diferentes cadenas de televisión aparcadas en un extremo. En aquella remota área de Canadá, aquella cobertura de los medios era algo inusitado.

Cooper murmuró una imprecación.

—¿Quién demonios es el responsable de esto?

—El accidente fue difundido en las noticias nacionales —les explicó Mike, con una sonrisa de disculpa—. Ustedes son los únicos supervivientes. Supongo que todo el mundo quiere saber lo que tienen que decir.

En cuanto Pat hizo aterrizar el helicóptero, la multitud de periodistas se arremolinó contra las barreras temporales. La policía tuvo dificultades para hacerlos retroceder. Varios hombres con aspecto de funcionarios avanzaron. Las aspas del helicóptero les aplastaron los trajes contra el cuerpo y les golpearon la cara con las corbatas. Finalmente, los rotores se detuvieron.

Mike saltó al asfalto y ayudó a bajar a Rusty. Ella se quedó junto al lateral del aparato hasta que Cooper saltó a su lado. Entonces, después de darles las gracias profusamente a los pilotos de Georgia, caminaron hacia el grupo que los esperaba tomados de la mano.

Los hombres que les dieron la bienvenida eran

representantes de la Junta de Seguridad Aérea de Canadá y de la Agencia de Estados Unidos, puesto que los pasajeros accidentados eran de nacionalidad norteamericana.

Los burócratas saludaron con deferencia a Cooper y a Rusty y los acompañaron entre el grupo de periodistas que gritaba preguntas a la velocidad de las balas. Los asombrados supervivientes fueron escoltados hasta una de las entradas de personal del aeropuerto, por un pasillo, hasta una suite privada de oficinas.

—Su padre ya está sobre aviso, señorita Carlson.

—Muchísimas gracias.

—Se puso muy contento al saber que está bien —le dijo el oficial, sonriendo—. Señor Landry, ¿quiere que avisemos a alguien en su nombre?

—No.

Rusty se había vuelto hacia él con curiosidad por saber cuál sería su respuesta. Él nunca había mencionado que tuviera familia, así que ella pensaba que no la tenía. Era terriblemente triste que nadie estuviera esperando el regreso de Cooper. Quiso acariciarle la mejilla para reconfortarlo, pero los funcionarios estaban a su lado.

Uno de ellos dio un paso hacia adelante.

—Entiendo que sólo ustedes sobrevivieron al accidente.

—Sí. Los otros murieron en el acto.

—Hemos avisado a sus familiares. Algunos están ahí fuera. Quieren hablar con ustedes —dijo. Rusty palideció—. Pero eso puede esperar —añadió el hombre rápidamente, notando su angustia—. ¿Puede darnos alguna pista sobre lo que causó el accidente?

—No soy piloto —respondió Cooper—, pero la tormenta fue el motivo, estoy casi seguro. Los pilotos hicieron todo lo posible por evitarlo.

—Entonces, ¿usted no los responsabilizaría del accidente? —insistió el hombre.

—¿Podrían darme un vaso de agua, por favor? —pidió Rusty suavemente.

—Y algo de comer —dijo Cooper—. No hemos comido nada desde ayer.

—Claro, ahora mismo.

Enviaron a alguien para que les pidiera un desayuno, y Cooper dijo:

—Y será mejor que traigan a las autoridades. Tengo que informarles de la muerte de dos hombres.

—¿Qué dos hombres?

—Los que tuve que matar —dijo él, y todo el mundo se quedó helado. Había conseguido hacerse con la atención de todos—. Estoy seguro de que alguien debería saberlo. Pero primero, ¿qué hay de ese café?

La voz de Cooper tenía un tono de autoridad e

impaciencia. Resultó divertido ver cómo puso a todo el mundo en funcionamiento. Durante la hora siguiente, los oficiales se movieron a su alrededor como pollos sin cabeza.

Les llevaron un copioso desayuno de carne, huevos y zumo de naranja. Mientras comían, respondieron un gran número de preguntas. Pat y Mike fueron conducidos a la sala para que verificaran la posición donde se había producido el accidente. Como el tiempo aún era bueno, se enviaron grupos para avistar la avioneta y exhumar los cuerpos que Cooper había enterrado.

En mitad del caos, a Rusty le entregaron el auricular de un teléfono, y la voz de su padre le resonó en el oído.

—Rusty, gracias a Dios. ¿Estás bien?

—Estoy bien. Muy bien. Tengo mucho mejor la pierna.

—¿La pierna? ¿Qué te ha pasado en la pierna? Nadie me ha dicho nada de tu pierna.

Ella se explicó lo mejor que pudo con frases breves, inconexas.

—Pero esta bien, de verdad.

—No me lo creo. No te preocupes de nada —le dijo—. Yo me ocuparé de todo. Te traerán a Los Ángeles esta noche y yo estaré en el aeropuerto para recibirte. Es un milagro que estés viva.

Ella miró a Cooper y dijo suavemente:
—Sí, un milagro.

Al mediodía, los llevaron a un motel cercano al aeropuerto y les asignaron habitaciones contiguas en las que ducharse y cambiarse la ropa que llevaban por otra que les proporcionó el gobierno canadiense.

En la puerta de su habitación, Rusty soltó de mala gana el brazo de Cooper. No podía soportar perderlo de vista. Se sentía extraña, apartada de todo. No había nada que le pareciera real. Todo era raro, salvo Cooper. Cooper era su realidad.

No parecía que a él le agradara aquel arreglo más que a ella, pero no sería adecuado que compartieran la habitación del hotel. Le apretó la mano a Rusty y le dijo:

—Estaré en la habitación de al lado.

Entonces, observó cómo entraba en su habitación y cerraba la puerta, antes de entrar él en la suya. Una vez dentro, se sentó en la única silla que había en la estancia y se cubrió la cara con las manos.

—¿Y ahora qué?

Pensó en todo lo que había ocurrido durante aquellas dos semanas escasas, y sobre todo, en lo que había ocurrido durante las últimas horas en la cabaña: Rusty y él habían hecho el amor durante todo el día y la noche, hasta el amanecer.

Y Cooper no se arrepentía, no lamentaba ni uno sólo de aquellos momentos.

Pero no sabía cómo iba a hacer frente a las cosas en lo sucesivo. Podía fingir que no había ocurrido y hacer caso omiso de la pasión que se reflejaba en sus miradas… No. No podía ignorar las miradas ardientes de Rusty.

Y tampoco podía despreciar su dependencia de él. Las reglas que habían establecido en la cabaña aún tenían vigencia. Ella no se había aclimatado todavía. Aún tenía aprensión. Acababa de sobrevivir a un terrible trauma, y él no podía infligirle otro tan pronto. Rusty no era dura, como él. Había que tratarla con delicadeza y tacto. Después de lo mal que se había portado con ella, Cooper pensó que ella se merecía aquella consideración.

Por supuesto, sabía que tenía que darle la espalda, y deseaba que ella lo hiciera primero. Aquello le aliviaría de la responsabilidad de hacerle daño.

Pero demonios, ella no iba a hacerlo; y él no podía. Aún no. No, hasta que fuera absolutamente necesario que se separaran. Hasta aquel momento, aunque sabía que era una tontería por su parte, seguiría siendo su protector y su amante.

Dios, le encantaba representar aquel papel.

Era una pena que fuera temporal.

La ducha caliente le sentó de maravilla y la reavivó física y mentalmente. Se lavó el pelo y se lo aclaró durante largo tiempo. Cuando salió de la bañera, Rusty se sentía casi normal.

Sin embargo, ya no era la misma. Normalmente, ella no habría reparado en lo suaves que eran las toallas del hotel. Habría dado por supuesto que tenían que ser suaves. Y había cambiado en otros sentidos. Cuando elevó la pierna para sacarla de la bañera, se fijó en la cicatriz que le recorría la tibia. Tenía otras cicatrices más profundas. Estaban grabadas en su alma. Rusty Carlson no volvería a ser la misma.

La ropa que le habían dado era corriente y le estaba grande, pero hizo que se sintiera humana y femenina de nuevo. Los zapatos eran de su número, pero los sentía extraños y muy ligeros; era la primera vez, durante semanas, que se ponía otra cosa que no fueran botas de nieve. Había pasado una semana en la cabaña. Y habían pasado casi dos semanas desde el accidente.

¿Dos semanas? ¿Sólo?

Cuando Rusty salió de la habitación, Cooper la

estaba esperando junto a la puerta. Él se había duchado y afeitado. Aún tenía el pelo húmedo. Aquella ropa nueva no se adaptaba bien a su largo cuerpo.

Se acercaron el uno al otro con cautela, tímidamente; sin embargo, cuando sus miradas se cruzaron, la familiaridad se despertó. Y algo más, también.

—Estás distinto —susurró Rusty.

Él negó con la cabeza.

—No. Puede que tenga un aspecto distinto, pero no he cambiado.

Entonces, la tomó de la mano y se la llevó aparte, lanzándole a la gente que se acercaba a ellos una mirada de advertencia. Ellos se alejaron discretamente. Cooper le dijo a Rusty:

—Con toda esta confusión, no he tenido la oportunidad de decirte una cosa.

—¿Qué?

Él se inclinó hacia ella.

—Me encanta la sensación que me produces cuando me lames el ombligo.

Rusty tomó aire bruscamente y miró a la gente. Los estaban observando con curiosidad.

—Eres un atrevido.

—Y no me importa —dijo él—. Vamos a darles algo sobre lo que especular.

Entonces, la agarró suavemente por la nuca y le dio un beso apasionado. Cuando alzó la cara, dijo:

—Me gustaría besarte por todo el cuerpo, pero —dijo, mirando a su asombrado público—, eso tendrá que esperar.

Las horas de aquella tarde pasaron lentamente. Los llevaron a comer otra vez; Rusty pidió una ensalada, pero sólo pudo comerse la mitad.

Su falta de apetito se debía, en parte, al gran desayuno que habían tomado pocas horas antes; pero también a su ansiedad por el interrogatorio al que fueron sometidos Cooper y ella en relación a las muertes de los Gawrylow.

Un investigador del juzgado estuvo haciéndoles preguntas, acompañado de dos oficiales de policía. Rusty y Cooper les contaron lo sucedido y explicaron que tuvieron que defenderse del ataque y del intento de violación de los dos hombres. Media hora después, Cooper estaba libre de toda responsabilidad legal por la muerte de los Gawrylow.

Después, tuvieron que enfrentarse al encuentro con las familias de las víctimas. El abatido grupo pasó a la oficina, y durante casi una hora, Rusty y Cooper hablaron con ellos y les proporcionaron toda la información que pudieron. Los familiares tuvieron algún consuelo al saber que sus seres queridos habían muerto en el acto y que no habían sufrido. Entre lágrimas, agradecieron a los supervivientes que hubieran compartido con ellos su conocimiento del accidente. Fue una experiencia muy conmovedora para todos.

La reunión con los medios de comunicación, por el contrario, fue algo distinto. Cuando Rusty y Cooper entraron en la gran sala que se había designado para celebrar la rueda de prensa, recibieron el saludo de una multitud inquieta. El ambiente estaba lleno de humo.

Se sentaron tras una mesa en la que había micrófonos, respondieron las preguntas tan minuciosa y concisamente como pudieron. Algunas preguntas eran estúpidas, otras inteligentes, y algunas dolorosamente personales. Cuando un reportero preguntó cómo era compartir una cabaña con un extraño, Cooper se volvió hacia uno de los oficiales y le dijo:

—Ya está bien. Saque a Rusty de aquí.

El burócrata no se movió lo suficientemente rápido como para satisfacerlo. Él mismo tomó a Rusty del brazo para sacarla de aquella atmósfera de carnaval; juntos se dirigieron hacia la salida.

Cuando por fin embarcaron en el vuelo hacia

Los Ángeles, Rusty estaba exhausta y tenía dolor en la pierna. Cooper casi tuvo que subirla a bordo. La sentó en su asiento de primera clase, junto a la ventanilla, y se acomodó a su lado. Después le pidió a la auxiliar de vuelo que les llevara una copa de brandy.

—¿Tú no vas a tomar un poco? —le preguntó Rusty, después de unos cuantos sorbos reconstituyentes.

Él negó con la cabeza.

—He dejado la bebida durante un tiempo —respondió con una ligera sonrisa.

—Es usted muy guapo, señor Landry —comentó ella suavemente, mirándolo como si lo viera por primera vez.

—No. Eso lo dices por el brandy.

—No. Lo eres —insistió ella, y le acarició el pelo.

—Me alegro de que lo pienses.

—¿Desean la cena, señor Landry, señorita Carlson?

Se sorprendieron al darse cuenta de que el avión ya estaba en el aire. Habían estado tan absortos el uno en el otro que no se habían dado cuenta de que despegaban. El vuelo en el helicóptero no había sido tan malo para ella porque no había tenido tiempo de pensarlo. Sin embargo, a medida que avanzaba el día, la idea de volar hasta Los Ángeles había causado gran aprensión a Rusty. Pasaría algún tiempo hasta que de nuevo se sintiera cómoda volando.

—¿Te apetece cenar, Rusty? —le preguntó Cooper.

Ella negó con la cabeza, y él le dijo a la azafata:

—No, gracias. Hemos comido varias veces hoy.

—Llamen al timbre si necesitan algo —les dijo ella amablemente antes de alejarse.

Ellos dos eran los únicos pasajeros que había en primera clase. Cuando la auxiliar se marchó, se quedaron solos por primera vez desde que los habían rescatado.

—¿Sabes? Es gracioso —dijo Rusty pensativamente—. Hemos estado tanto tiempo juntos que yo pensaba que agradecería el momento en el que pudiéramos estar separados. Creía que echaba de menos estar con otra gente... pero me he agobiado entre tanta multitud hoy, con tanto empujón. Y, cada vez que te perdía de vista, sentía pánico.

—Es normal —le susurró él—. Has dependido de mí durante muchos días, y has tomado el hábito. Eso se te pasará.

—¿De veras, Cooper?

—¿No crees?

—No estoy segura de que quiera que se me pase.

Él pronunció su nombre suavemente antes de besarla. Lo hizo con pasión, como si aquélla pudiera ser su última oportunidad. Tras aquel beso había una desesperación que persistió cuando Rusty le rodeó el cuello con los brazos y apoyó la cara en su hombro.

—Me has salvado la vida. ¿Te he dado las gracias? ¿Te he dicho que habría muerto sin ti?

Cooper le estaba besando frenéticamente el cuello, las orejas, el pelo.

—No tienes que darme las gracias. Quería protegerte, cuidarte.

—Y lo hiciste. Bien. Muy bien —dijo ella, y volvieron a besarse hasta que se vieron obligados a separar los labios, sin aliento.

—Abrázame, Cooper —le suplicó Rusty, y él la envolvió entre sus brazos al tiempo que escondía el rostro en su melena—. No me sueltes.

—No lo haré. Ahora no.

—Nunca. Prométemelo.

El sueño se adueñó de ella antes de que consiguiera la promesa de Cooper. Y le ahorró ver la expresión sombría de su semblante.

Era como si toda la población de la ciudad los estuviera esperando en el aeropuerto de Los Ángeles. Cuando aterrizaron, previendo que podría originarse un tumulto, la sobrecargo del avión les aconsejó que dejaran al resto de los pasajeros desembarcar primero.

Rusty agradeció aquel retraso: estaba terriblemente nerviosa. Tenía las manos húmedas. No quería soltar el brazo de Cooper, aunque seguía dedicándole sonrisas forzadas para darle a entender que se encontraba bien. Ojalá pudiera recuperar el ritmo normal de su vida sin tanto alboroto.

Sin embargo, las cosas no iban a ser tan sencillas. En cuanto salieron por la puerta del avión y entraron en la terminal, sus peores temores se vieron confirmados. Momentáneamente, los focos de las cámaras de televisión la cegaron, y le pusieron micrófonos en la cara. Alguien, sin darse cuenta, le golpeó la herida de la pierna con la bolsa de una cámara. El ruido era abrumador. Sin embargo, entre toda aquella cacofonía distinguió una voz familiar y se volvió hacia ella.

—¿Papá?

En segundos, se vio entre sus brazos. Su brazo se soltó del de Cooper. Incluso mientras respondía al abrazo de su padre, palpaba buscando la mano de Cooper, pero no la encontró. Aquella separación hizo que sintiera angustia.

—Deja que haga un recuento de daños —dijo Bill

Carlson, apartando un poco a su hija para poder observarla. Los periodistas los rodearon para hacer fotografías de aquella emocionante reunión–. No está muy mal, teniendo en cuenta las circunstancias –afirmó mientras le quitaba el abrigo de los hombros–. Le agradezco mucho al gobierno canadiense que haya cuidado tan bien de ti hoy, pero creo que te sentirás mucho mejor con esto.

Uno de sus asistentes apareció a su lado con una enorme caja, de la cual Carlson sacó un abrigo de piel de zorro rojo exactamente igual que el que ella llevaba el día del accidente.

–He sabido lo que ocurrió con tu abrigo, cariño –le dijo mientras se lo ponía sobre los hombros–. Así que quería regalarte uno nuevo.

La multitud emitió exclamaciones de admiración. Los periodistas se acercaron más a tomar fotos. El abrigo era maravilloso, pero demasiado pesado como para llevarlo en la cálida noche de California. Le daba la sensación de una cota de malla, pero Rusty era ajena a todo, porque estaba buscando frenéticamente a Cooper con la mirada.

–Papá, quisiera presentarte a…

–No te preocupes por la pierna. Te la tratarán doctores expertos. Ya tengo reservada una habitación para ti en el hospital. Iremos inmediatamente.

—Pero Cooper...

—Oh, sí, Cooper Landry, ¿verdad? El hombre que también sobrevivió al accidente. Le estoy muy agradecido, por supuesto. Te salvó la vida. Nunca lo olvidaré —dijo Carlson en voz alta, para que fuera audible para todos los reporteros y recogido por los micrófonos.

Diplomáticamente, el asistente les abrió paso entre la multitud.

—Damas y caballeros, les informarán si surgen nuevos detalles en esta historia —les dijo Carlson mientras guiaba a Rusty hacia un carrito que los esperaba para llevarlos a la terminal.

Rusty miró por todas partes, pero no vio a Cooper. Finalmente, lo divisó alejándose de la escena. Un par de periodistas lo seguían.

—¡Cooper! —dijo ella, mientras el carrito comenzaba la marcha—. ¡Cooper! —gritó de nuevo.

Sin embargo, no pudo oír si él la respondía por encima de aquel barullo.

Quería saltar del carro e ir tras Cooper, pero el vehículo ya estaba en marcha y su padre le estaba hablando. Ella intentó asimilar las palabras y entender su sentido, pero lo que decía su padre le parecía un galimatías.

Luchó contra el pánico, que cada vez era más intenso, hasta que llegaron a la limusina que los esperaba y se pusieron en marcha hacia el hospital donde Carlson había reservado la habitación.

—Estaba muy asustado por ti, Rusty. Creía que te había perdido a ti también.

Ella apoyó la cabeza en el hombro de su padre y le apretó el brazo.

—Lo sé. Estaba preocupada por cómo te afectaría la noticia del accidente, tanto como de mi propia seguridad.

—Sobre la discusión que tuvimos el día que te fuiste…

—Por favor, papá, no pensemos en eso —dijo ella. Elevó la cabeza y le sonrió—. Quizá no haya soportado ver cómo desollaban a un animal, pero sobreviví al accidente.

Él se rió.

—No sé si recuerdas eso, porque eras muy pequeña, pero Jeff se escapó de su cabaña del campamento de los boy scouts una vez, en verano. Pasó toda la noche en el bosque. Se perdió y no lo encontraron hasta el día siguiente. Sin embargo, no estaba asustado. Cuando lo encontraron, había levantado un campamento y estaba pescando tranquilamente para cenar.

Rusty volvió a apoyar la cabeza en su hombro; la sonrisa se le había ido borrando de los labios.

—Cooper hizo todo eso por mí.

Ella sintió la tensión del cuerpo de su padre. Normalmente, se ponía así de rígido cuando algo no era de su gusto.

—¿Qué clase de hombre es ese Cooper, Rusty?

—¿Qué clase?

—Es veterano de Vietnam, según tengo entendido.

—Sí. Fue prisionero de guerra, pero se las arregló para escaparse del campo.

—¿Te trató bien?

Ah, sí, pensó ella. Sin embargo, controló aquel caudal de recuerdos apasionados que se le desbordó por el cuerpo y asintió.

—Sí, papá. Muy bien. No habría sobrevivido sin él.

No quiso hablar de la relación personal que había surgido entre Cooper y ella tan pronto. Su padre tendría que conocer sus sentimientos gradualmente. Quizá opusiera resistencia, porque Bill Carlson era un hombre que se aferraba a sus ideas.

También era intuitivo. No resultaba fácil engañarlo. Intentando mantener un tono tan despreocupado como fuera posible, Rusty le dijo:

—¿Te importaría intentar localizarlo en mi nombre esta noche?

Aquélla no era una petición extraña, porque su padre tenía contactos por toda la ciudad.

—Dile dónde estoy. Nos separamos en el aeropuerto.

—¿Y para qué quieres ver a ese hombre de nuevo?

—Quiero darle las gracias por haberme salvado la vida.

—Está bien, veré lo que puedo hacer —le dijo Carlson mientras el chófer entraba en el garaje de la clínica privada.

Aunque su padre había alisado el camino, pasaron dos horas antes de que Rusty se encontrara sola en la habitación. El hospital estaba decorado en un estilo moderno y elegante, y ella tenía una cama firme, confortable y mecanizada, con almohadas suaves. Llevaba un camisón nuevo de lencería, uno de los muchos que su padre había metido en la maleta que la estaba esperando cuando entró en aquella habitación. Todos sus cosméticos y sus jabones favoritos estaban en el baño. Tenía servicio a quien poder llamar. Lo único que tenía que hacer era levantar el auricular.

Estaba abatida.

Para empezar, le dolía la pierna a causa del examen del médico. Después de hacerle una radiografía, por precaución, vieron que no tenía huesos rotos.

—Cooper me dijo que no había nada roto —le informó en voz baja al médico. Él había fruncido el ceño al ver aquella herida irregularmente cosida. Cuando hizo un comentario lamentando lo malos que eran aquellos puntos, Rusty saltó en defensa de Cooper.

—Estaba intentando salvarme la pierna —le dijo con aspereza.

De repente, ella se sentía orgullosa de aquella cicatriz, y no muy satisfecha por que fueran a quitársela, lo cual, según la habían informado, requeriría dos o tres operaciones reconstructivas. Para ella, aquella cicatriz era como una marca de valor.

Además, Cooper había pesado mucho tiempo besándosela la noche anterior, diciéndole que no le parecía fea en absoluto, sino que por el contrario, se excitaba cada vez que la veía. Rusty pensó en decirle aquello al médico.

No lo hizo. En realidad, no habló apenas durante la visita del doctor. No tenía energías. Sólo podía pensar en lo afortunada que sería cuando la dejaran sola para dormir.

Pero cuando de veras tuvo la oportunidad, no pudo hacerlo. Tenía la mente llena de dudas, de miedos y de infelicidad, y no pudo conciliar el sueño. ¿Dónde estaba Cooper? ¿Por qué no la había seguido? En el aeropuerto se había formado un circo, pero él habría podido quedarse con ella si hubiera querido.

Cuando la enfermera entró en la habitación y le ofreció un sedante, ella se tomó alegremente la pastilla. Sabía que, de lo contrario, no se quedaría dormida, porque no tenía a su lado la presencia dura y cálida de Cooper.

—¡Oh, Dios mío! ¡No podíamos creerlo! ¡Nuestra Rusty, en un accidente de aviación!

—Debe de haber sido horrible.

Rusty miró a aquellas dos mujeres tan bien vestidas y deseó que se desvanecieran en el aire. En cuanto la enfermera se había llevado la bandeja del desayuno, sus dos amigas aparecieron en la habitación.

Llenas de curiosidad, le habían dicho que querían ser las primeras en saludarla y ofrecerle su apoyo. Rusty sospechaba que lo que realmente querían era oír los deliciosos detalles de su «travesura canadiense», tal y como la habían llamado.

—No, yo no diría que fue divertido —dijo Rusty con cansancio.

Se había despertado antes de que sirvieran el desayuno. Se había acostumbrado a levantarse con el sol. Gracias al somnífero que le habían administrado la noche anterior, había dormido profundamente. Sin embargo, estaba muy baja de ánimo.

—En cuanto salgas de aquí, vamos a llevarte a pasar un día al salón de belleza. Peinado, limpieza de cutis, masaje. Mira qué uñas tienes. Están destrozadas.

Rusty sonrió débilmente, acordándose de lo mucho que se había disgustado cuando Cooper le había cortado las uñas con el cuchillo de caza.

—No he tenido tiempo de hacerme la manicura —dijo Rusty—. Estaba demasiado ocupada intentando sobrevivir.

—Has sido muy valiente, Rusty. Creo que yo prefiero morir antes de pasar una experiencia semejante.

Rusty estaba a punto de refutar aquel comentario, cuando recordó que, no muchos días antes, ella habría dicho algo igualmente frívolo.

—Yo también lo pensaba antes. Pero te asombrarías de lo fuerte que es el instinto de conservación. Al encontrarte en una situación así, el instinto es lo que te salva.

Sin embargo, sus amigas no estaban interesadas en la filosofía. Lo que querían era saber los detalles jugosos. La historia del accidente había aparecido en primera página del periódico aquella mañana. El periodista había realizado un artículo serio, pero el público tenía tendencia a leer entre líneas, y querían desmenuzar los hechos.

—¿Fue tan horrible como parece? ¿No era todo terriblemente oscuro cuando se ponía el sol?

—Teníamos varios faroles en la cabaña.

—No, me refiero fuera.

—Antes de que llegarais a la cabaña. Cuando tuvisteis que dormir a la intemperie, en el bosque.

Rusty suspiró cansadamente.

—Sí, estaba muy oscuro. Pero teníamos una hoguera.

—¿Qué comíais?

—Conejos, sobre todo.

—¡Conejos! Yo me moriría.

—Yo no —dijo Rusty en tono cortante—. Y tú tampoco.

¿Por qué había respondido con tanta acritud? ¿Por qué no lo había dejado pasar? Sus amigas la miraban entre dolidas y confusas. No tenían idea de por qué se había enfadado. ¿Por qué no les había dado una explicación agradable, como que la carne de conejo se servía en algunos de los mejores restaurantes?

Siguiendo aquel pensamiento, claro, llegó el recuerdo de Cooper. Rusty notó una punzada de melancolía.

—Estoy muy cansada —dijo.

Tenía ganas de llorar, pero no quería tener que explicar el motivo.

Sin embargo, la sutilidad no funcionó con aquel dúo. No aceptaron aquella indirecta para que se marcharan.

—Y la pierna —dijo una de sus amigas—. ¿Está seguro el médico de que podrá arreglártela?

Rusty cerró los ojos y respondió:

—Bastante seguro.

—¿Cuántas operaciones harán falta para quitarte esa horrible cicatriz? Oh, no lo decía con mala intención. No es tan horrible. Quiero decir que...

—Sé lo que quieres decir —cortó Rusty, abriendo los ojos—. Es horrible, pero es mejor que un muñón, y durante varios días, temí que eso sería lo que iba a suceder. Si Cooper...

Ella se interrumpió, porque había pronunciado su nombre inadvertidamente. Una vez que estuvo en el aire, sus amigas se lanzaron al interrogatorio.

—¿Cooper? —preguntó una de ellas inocentemente—. ¿El hombre que sobrevivió contigo al accidente?

—Sí.

—Lo vi en las noticias anoche. Dios mío, Rusty, ¡es magnífico!

—¿Magnífico?

—Bueno, no magnífico en el sentido de perfecto. No magnífico como un modelo. Me refiero a que es un tipo masculino, curtido, peludo, sexy.

—Me salvó la vida —dijo Rusty.

—Lo sé, querida. Pero si a una tienen que salvarle la vida, lo mejor es que lo haga alguien como Cooper Landry. Tiene un aspecto deliciosamente peligroso —su amiga se estremeció ligeramente—. Algo amenazador en los ojos. Eso siempre me ha parecido muy atractivo.

La otra cerró los ojos fingiendo que estaba a punto de desmayarse.

—Calla. Tengo calor.

—El periódico de esta mañana decía que había matado a dos hombres en una pelea por ti.

Rusty estuvo a punto de saltar de la cama.

—¡El periódico no dice nada semejante!

—He sumado dos y dos.

—¡Fue en defensa propia!

—Cariño, cálmate —le dijo su amiga—. Si tú dices que fue en defensa propia, es que fue en defensa propia. Escucha, mi marido conoce a Bill Friedkin. Piensa que tu historia sería una película estupenda.

Friedkin y él van a comer juntos la semana que viene, y...

—¡Una película! —Rusty se quedó espantada con la idea—. Oh, no. Por favor, dile que no diga nada. No quiero que se remueva más este asunto. Sólo quiero olvidarlo y seguir con mi vida.

—No queríamos disgustarte, Rusty —le dijo la otra mujer—. Es sólo que somos amigas tuyas. Si hay algo horrible que quieras contarnos, algún... ya sabes, algún detalle personal del desastre que no puedas contarle a tu padre, nosotras estamos disponibles.

—¿Cómo qué?

—Bueno, estuviste sola en el bosque con ese hombre durante casi dos semanas.

—¿Y?

—Y... el periódico decía que la cabaña sólo tenía una habitación.

—¿Y?

—Vamos, Rusty. La situación se presta a especular. Tú eres una mujer joven y muy atractiva, él es muy guapo y viril. Los dos sois solteros. Tú estabas herida, y él te cuidó. Dependías casi totalmente de él. Pensabais que quizá os quedaréis allí durante todo el invierno.

La otra tomó el hilo de la narración y continuó excitadamente.

—Viviendo juntos así, en tal cercanía, en el bosque... bueno, es lo más romántico que he oído en mi vida. Ya sabes a qué me refiero.

—Sí, sé a qué te refieres —dijo Rusty con frialdad—. Quieres saber si me acosté con Cooper.

Justo en aquel momento, la puerta se abrió, y el objeto de su conversación entró en la habitación. A Rusty se le aceleró el corazón. Sus amigas se dieron la vuelta al ver la radiante sonrisa que se le dibujó en los labios. Él apenas se fijó en ellas. Sus ojos grises se clavaron en Rusty. La mirada ardiente que cruzaron debió de ser suficiente para responder todas las preguntas sobre su intimidad.

Rusty, finalmente, recuperó la compostura y pudo hablar.

—Eh... Cooper, te presento a dos de mis mejores amigas —dijo, y las presentó por su nombre. Él saludó con desinterés a ambas mujeres.

—Oh, señor Landry, es un honor conocerlo —dijo una de ellas, con los ojos abiertos de par en par y casi sin aliento—. El *Times* dice que escapó de un campo de prisioneros en Vietnam. Eso es impresionante. Me refiero a todo lo que ha experimentado. Y ha sobrevivido a un accidente de avioneta.

—Rusty dice que le salvó la vida.

—Mi marido y yo vamos a dar una cena para

Rusty y para usted cuando Rusty se recupere. Por favor, dígame que vendrá.

—¿Y cuándo has decidido eso? —le preguntó la otra, molesta—. Yo quería celebrar una cena en su honor.

—Pero yo lo he dicho primero.

Aquel estúpido parloteo era de lo más embarazoso e irritante. Parecían las dos hermanastras de Cenicienta.

—Seguramente, Cooper no se puede quedar durante mucho tiempo —las interrumpió Rusty, al darse cuenta de que él estaba cada vez más impaciente. Ella también. Quería librarse de sus supuestas amigas y estar a solas con él.

—Tenemos que irnos —dijo una de ellas mientras tomaba su abrigo y su bolso.

Después se inclinó sobre Rusty, le besó la mejilla y susurró:

—No te vas a salir con la tuya. Quiero saberlo todo.

La otra se inclinó también y le dijo:

—Estoy segura de que por él ha merecido la pena tener el accidente. Es divino. Tan salvaje... tan... bueno, estoy segura de que no te lo tengo que decir aquí.

De camino a la salida, ambas se detuvieron para despedirse de Cooper, que no les prestó atención. Cuando salieron por la puerta, él se acercó a la cama.

—No voy a ir a ninguna cena.

—No esperaba que fueras. Cuando la novedad se haya pasado, le diré que olvide la idea.

Mirarlo le resultó arriesgado, porque los ojos se le llenaron de lágrimas. Avergonzada, se las secó con el dorso de la mano.

—¿Te ocurre algo?

—No, yo... —Rusty se interrumpió, sin saber qué decir, pero decidió ser sincera. Ya había pasado el momento de guardar secretos entre ellos. Valientemente, lo miró a los ojos—. Estoy muy contenta de verte.

Él no la tocó, pero su mirada le acarició todo el cuerpo. Se recreó en sus pechos, seductoramente dibujados por la suave tela del camisón.

Ella, nerviosamente, comenzó a juguetear con el encaje del camisón.

—Gracias por venir a verme —le dijo—. Le pedí a mi padre que te encontrara y te dijera dónde estaba.

—Tu padre no me dijo nada. Te he encontrado yo mismo.

A ella se le encogió el corazón. Cooper la había estado buscando. Quizá toda la noche. Quizá, mientras ella dormía a causa del somnífero, él había estado recorriendo las calles de la ciudad.

Sin embargo, él acabó con sus esperanzas de un plumazo al decirle:

—En el periódico de esta mañana decían dónde estabas. Creo que un cirujano plástico va a corregir los puntos que yo te di.

—Yo defendí tu labor.

Él se encogió de hombros.

—Funcionó, y eso es lo único que me importa.

—A mí también.

—Claro.

—¡Es cierto! No fue idea mía venir aquí directamente desde el aeropuerto. Fue idea de mi padre. Yo habría preferido ir a casa, mirar el correo, regar las plantas y dormir en mi propia cama.

—Eres una mujer adulta. ¿Por qué no lo has hecho?

—Acabo de decírtelo. Mi padre lo dispuso todo. No podía pedirle que lo cambiara.

—¿Por qué?

—No seas tonto. ¿Y por qué no iba a querer que me quitaran la cicatriz? —le preguntó con irritación.

Él apartó la mirada, mordiéndose la esquina del bigote.

—Deberías. Claro que deberías.

A Rusty se le hundieron los hombros de tristeza, y tuvo que enjugarse los ojos con la sábana.

—¿Qué nos pasa? ¿Por qué nos estamos comportando así?

Cooper la miró. También tenía una expresión de tristeza en el semblante, como si le diera lástima su ingenuidad.

—No tienes por qué pasar el resto de tu vida con esa cicatriz. No quería decir eso.

—No estoy hablando de la cicatriz, Cooper. Estoy hablando de todo. ¿Por qué desapareciste en el aeropuerto anoche?

—Estaba allí mismo.

—Pero no estabas conmigo. Te llamé. ¿No me oíste?

Él no respondió directamente.

—No parecía que necesitaras atención.

—Quería sólo tu atención. La tuve hasta que bajamos del avión.

—No podíamos seguir tal y como estábamos en el avión delante de toda aquella gente. Además, tú estabas ocupada.

—¿Y qué esperabas que ocurriera cuando llegamos a Los Ángeles? Éramos la noticia, Cooper. No fue culpa mía que los periodistas estuvieran allí. Y mi padre. Estaba muy preocupado por mí. Él envió a gente a rescatarnos. ¿Acaso creías que mi regreso no le iba a importar?

—No —respondió él, y se pasó la mano por el

pelo–. Pero, ¿tenía que montar todo ese espectáculo? Lo del abrigo, por ejemplo.

–Fue todo un detalle por su parte.

A ella le avergonzaba un poco recordar el gesto extravagante de su padre, pero se lanzó a defenderlo. El abrigo había sido la expresión de la alegría que sentía por que ella hubiera vuelto a casa sana y salva. Que hubiera sido una vulgar exhibición de riqueza no era lo más importante. A ella le ofendía que Cooper no lo entendiera y no pasara por alto la forma de ser de su padre.

Cooper estaba recorriendo la habitación con inquietud, como si se encontrara confinado. Sus emociones eran muy bruscas.

–Bueno, tengo que irme.

–¿Irte? ¿Adónde?

–A casa.

–¿A Rogers Cap?

–Sí. Tengo que cuidar de mi rancho. No sé cómo me lo voy a encontrar cuando llegue –entonces, le miró la pierna derecha–. ¿Y la herida? ¿Te pondrás bien?

–Sí –respondió ella con aturdimiento. Él se iba. Se alejaba de ella, posiblemente para siempre–. Tendrán que hacerme varias operaciones. La primera será mañana.

–Espero no haber hecho más mal que bien.

Rusty tenía la garganta atenazada por la emoción.

—No, no.

—Bueno, supongo que esto es la despedida final —dijo él, y se dirigió hacia la puerta.

—Quizá alguna vez pudiera acercarme a Rogers Cap a saludarte.

—Sí, claro. Eso sería estupendo —respondió Cooper, con una sonrisa forzada.

—¿Con cuánta frecuencia vienes tú a Los Ángeles?

—No mucho —dijo él—. Bueno, adiós, Rusty.

—¡Cooper, espera! ¿Es así como va a terminar?
Él asintió.

—No puede ser, después de todo lo que hemos pasado juntos.

—Tiene que ser así.

Rusty sacudió la cabeza con tanta vehemencia que su melena se agitó en todas direcciones.

—Ya no me puedes engañar. Estás siendo cruel para protegerte a ti mismo. Estás luchando. Quieres abrazarme tanto como yo quiero abrazarte a ti.

Él cruzó la habitación de dos zancadas y la tomó entre sus brazos con fuerza. Se aferraron el uno al otro y se mecieron suavemente. Él escondió la cara entre el pelo color canela de Rusty, y ella escondió la suya en su cuello.

—Rusty, Rusty.

Ella se sintió alentada al oír que él pronunciaba su nombre con angustia, y le dijo:

—No podía dormir anoche. Tuvieron que darme un somnífero. Echaba de menos tu respiración. Echaba de menos estar entre tus brazos.

—Yo echaba de menos sentir tu cuerpo junto al mío. Te echaba de menos de tal manera que pensé que moriría.

—¿No querías estar separado de mí?

—No.

—Entonces, ¿por qué no me respondiste cuando te llamé en el aeropuerto?

Él respondió con una expresión de disgusto.

—No podía permanecer en aquel circo, Rusty. Tenía que alejarme de allí lo más rápidamente posible. Cuando volví de Vietnam me trataron como si fuera un héroe. Yo no me sentía como tal. Había pasado por un infierno, y algunas de las cosas que tuve que hacer... no fueron heroicas. No se merecían ninguna alabanza. Yo no me merecía alabanzas. Sólo quería que me dejaran en paz para poder olvidar. Y ahora tampoco lo merezco. Hice lo que tenía que hacer para salvar nuestras vidas. Cualquier hombre lo habría hecho de igual modo.

Ella le acarició la mejilla.

—No cualquier hombre, Cooper.

Cooper se encogió de hombros ante aquel cumplido.

—He tenido más experiencia en cuanto a supervivencia que la mayoría de la gente, eso es todo.

—No estás dispuesto a aceptar el mérito que te mereces, ¿no?

—¿Es eso lo que quieres, Rusty? ¿Que te reconozcan un mérito por haber sobrevivido?

Ella pensó en su padre. Habría disfrutado oyéndole decir palabras de alabanza por su valentía. En vez de eso, le había hablado de Jeff, y le había dicho lo bien que su hermano había superado cualquier situación difícil. Su padre no la había comparado con Jeff por malicia, ni había querido ponerlo como ejemplo. Había sido algo inconsciente, pero hizo que Rusty se preguntara si una de las cosas que más deseaba no era la aprobación de su padre.

Sin embargo, se dio cuenta de que lo que más le interesaba en aquel momento era lo que Cooper pensara de ella.

—No quiero méritos, Cooper. Quiero... te quiero a ti. ¿Por qué no viniste conmigo? ¿Ya no me deseas?

Él le posó una mano en el pecho y se lo acarició con las yemas de los dedos.

—Sí, te deseo.

Rusty percibió el alcance de su deseo porque ella también lo sentía.

—Entonces, ¿qué va a ocurrir?

—No te seguí anoche porque quería postergar lo inevitable.

—¿Lo inevitable?

—Rusty —susurró él—, esta dependencia sexual que sentimos el uno por el otro es algo muy normal. Es corriente entre personas que han sobrevivido juntos a una crisis. Incluso las víctimas de los secuestros sienten alguna vez un afecto antinatural por sus carceleros.

—Lo sé. El síndrome de Estocolmo. Pero esto es distinto.

—¿Tú crees? Un niño quiere a aquél que lo alimenta. Incluso un animal salvaje se vuelve más amigable con alguien que le deja comida. Yo te cuidé, y es natural que le des un significado...

De repente, con enfado, ella lo apartó de sí. Tenía los ojos brillantes de indignación.

—No quiero que reduzcas lo que ocurrió entre nosotros a algo psicológico. No es cierto. Lo que siento por ti es real.

—Yo no he dicho que no fuera real. Sé que nos deseamos el uno al otro, pero... vivimos en mundos apartados. Y no me refiero a la geografía.

—Sé de qué estás hablando. Crees que soy tonta y

superficial, como esas amigas mías a las que acabas de conocer. ¡Pues no lo soy! Ellas también me han irritado a mí, porque me he visto tal y como era antes. Las estaba juzgando como tú me juzgaste a mí la primera vez que nos vimos. Sin embargo, ya no soy como ellas. He cambiado.

—Nunca lo fuiste, Rusty. Yo lo pensé, pero ahora sé que no era cierto. Sin embargo, ésa es la vida que tú conoces. Es la gente con la que convives. Yo no podría hacerlo. Ni siquiera quiero intentarlo. Y tú tampoco encajarías en mi vida.

—¡Tu vida! ¿Qué vida? ¿Apartado del resto del mundo? ¿Siempre solo? ¿Valiéndote de la amargura como escudo? ¿Y dices que eso es una vida? Tienes razón, Cooper. Yo no podría vivir así.

—Pues entonces, ahí lo tienes. Es lo que he estado intentando explicarte. En la cama nos va muy bien, pero nunca nos iría bien en la vida.

—¡Porque eres demasiado obstinado como para intentarlo! ¿Se te ha ocurrido pensar en comprometerte?

—No. No quiero formar parte de esto —dijo, e hizo un gesto que abarcó lo que le rodeaba: la lujosa habitación y lo que había más allá de la ventana.

Rusty lo señaló con un dedo acusatorio.

—Eres un esnob.

—¿Un esnob?

—Sí. Te sientes superior a las masas. Superior, y con más razón que nadie, a causa de la guerra y de tu cautiverio. Despreciativo, porque te das cuenta de lo que no funciona en el mundo. Vives encerrado en una solitaria montaña, jugando a ser Dios, mirando hacia abajo, a todos los que tenemos agallas para tolerarnos los unos a los otros a pesar de nuestros defectos humanos.

—No es cierto.

—¿No? ¿De veras no te crees superior? Si hay tantas cosas malas en el mundo, ¿por qué no haces algo por cambiarlo? ¿Qué crees que vas a conseguir apartándote de mí? La sociedad no te ha rechazado. Tú has rechazado a la sociedad.

—Yo no la dejé hasta que...

—¿La dejaste? ¿A quién?

Cooper bajó la mirada.

—¿Quién era ella?

—Olvídalo.

—¿La conociste antes de ir a Vietnam?

—Déjalo, Rusty.

—¿Ella se casó con otro mientras tú estabas prisionero?

—He dicho que lo olvides.

—¿La querías?

—Dios, ella era buena en la cama, pero no como tú, ¿de acuerdo?

Ella se cubrió la boca con la mano para ahogar un gemido de angustia e indignación. Se miraron el uno al otro con animosidad. Y en medio de aquel ambiente de tensión, Bill Carlson hizo una inoportuna entrada.

—¿Rusty?

Ella se sobresaltó al oír la voz de su padre.

—¡Papá! Pasa... buenos días. Te presento a... Cooper Landry.

—Ah, señor Landry —dijo Carlson, y le tendió la mano. Cooper se la estrechó con firmeza, pero con evidente falta de entusiasmo—. Tengo a varias personas intentando encontrarlo. Quería darle las gracias por salvarle la vida a mi hija.

—No es necesario que me dé las gracias.

—Claro que sí. Ella lo es todo para mí. Por lo que ella cuenta, de no ser por usted no estaría viva. De hecho, Rusty es quien me pidió que lo encontrara.

Cooper miró a Rusty, y después a Carlson de nuevo; el padre de Rusty se estaba metiendo la mano en el bolsillo de la chaqueta y sacó un sobre blanco.

—Rusty quería darle las gracias de un modo especial.

Entonces, le entregó un sobre a Cooper. Cooper lo abrió y miró dentro. Observó fijamente el contenido antes de volverse hacia Rusty. Sus ojos estaban llenos de desprecio. En sus labios se dibujó una sonrisa desagradable. Entonces, con un movimiento rápido, rompió en dos el sobre y el cheque que había en su interior y se lo lanzó al regazo a Rusty.

—Gracias, señorita Carlson, pero durante nuestra última noche juntos recibí el pago por mis servicios.

Después de que Cooper saliera de la habitación hecho una furia, Carlson se volvió hacia Rusty.

—Qué individuo tan maleducado.

—Papá, ¿cómo has podido ofrecerle dinero?

—Creía que eso era lo que esperabas de mí.

—¿Y por qué creíste eso? Cooper… el señor Landry es un hombre orgulloso. ¿Crees que me salvó la vida por dinero?

—No me sorprendería. Por lo que sé de él, es poco recomendable.

—¿Lo has investigado?

—Claro. En cuanto me enteré de que era el hombre que sobrevivió contigo. Verte atrapada con él no ha podido ser fácil para ti.

—Tuvimos nuestras diferencias —respondió Rusty, con una ligera sonrisa—, pero él podría haberme abandonado y haberse salvado en cualquier momento.

—Pero no lo hizo, porque sabía que seguramente obtendría una recompensa si te salvaba.

—Él no lo sabía.

—Es listo. Dedujo que yo no repararía en gastos para rescatarte si estabas con vida. Quizá se haya sentido ofendido porque no ha considerado suficiente la cantidad del cheque. Creía que era una recompensa generosa, pero puede que él sea más ambicioso de lo que yo pensaba.

Rusty cerró los ojos y dejó caer la cabeza hacia atrás.

—Papá, él no quiere tu dinero. Está demasiado contento por haberse librado de mí.

—El sentimiento es mutuo —declaró Carlson mientras se sentaba al borde de la cama—. Sin embargo, es una pena que no podamos sacar provecho de tu percance.

—¿Cómo? ¿De qué estás hablando?

—No saques conclusiones hasta que me hayas oído lo que tengo que decirte.

Ella ya había sacado varias conclusiones, y ninguna era de su gusto.

—¿A qué te refieres? —insistió.

Con paciencia, su padre se lo explicó.

—Tú te has labrado una buena reputación en el

campo inmobiliario, y no porque seas hija mía. Puede que yo te haya brindado algunas buenas oportunidades, pero tú las aprovechaste a la perfección.

—Gracias, pero, ¿adónde va todo esto, papá?

—Por derecho propio, tú te has convertido en una celebridad en la ciudad —dijo él. Al ver que su hija sacudía la cabeza burlonamente, prosiguió—: Lo digo en serio. Tu nombre es bien conocido en los grandes círculos. Y, en estos últimos días, has aparecido en los periódicos y en la televisión. Te has convertido en una especie de heroína. Y esa publicidad gratis es tan buena como tener dinero en el banco. Propongo que usemos este desastre en nuestro provecho.

Al borde de un ataque de pánico, Rusty se humedeció los labios.

—¿Quieres decir que debemos promocionar el accidente para generar negocio?

—¿Qué daño podría hacer?

—¡No puede ser que estés hablando en serio! No, padre. Un no rotundo. Esto no me agrada en absoluto.

—No te niegues tan deprisa. Le pediré a la agencia que trabaje en unas cuantas ideas. Te prometo que no moveré nada hasta que te hayamos consultado y tengamos tu aprobación.

De repente, su padre era un extraño para ella. Su voz, su rostro, sus refinados modales... todo le resultaba familiar. No obstante, tenía la sensación de que no conocía ni el corazón ni el alma de aquel hombre. No lo conocía en absoluto.

—Nunca daré mi aprobación para algo semejante. En ese accidente murieron cinco hombres. Cinco hombres, papá. Yo conocí a sus familiares, a sus viudas, sus hijos y sus padres. Hablé con ellos. Les ofrecí mis condolencias. Utilizar su desgracia en mi provecho... no, papá. Es algo que no puedo hacer.

Bill Carlson se mordió el labio inferior, que era algo que siempre solía hacer cuando estaba reflexionando.

—Está bien. Dejaremos esa idea por el momento. Pero se me ha ocurrido otra —dijo, y le tomó ambas manos a Rusty.

Ella tuvo la sensación de que la estaba agarrando como medida de precaución, como si lo que estaba a punto de decirle pudiera provocarle un ataque de furia.

—Como te he dicho, hice que investigaran al señor Landry ayer. Posee un gran rancho en la preciosa zona de las Sierras.

—Eso me ha dicho.

—Nadie ha edificado en las tierras circundantes.

—Ahí radica la belleza de esa zona. La región ha permanecido intacta. No entiendo qué tiene que ver con nosotros.

—Rusty, ¿qué te pasa? ¿Es que te has convertido en una ecologista después de pasar dos semanas en el bosque?

—No, papá, pero... espero que no estés pensando en construir en esa parte del estado. Te prometo que al señor Landry no le agradará. De hecho, se opondrá a tus planes.

—¿Estás segura? ¿Qué te parecería asociarte con él?

Rusty lo miró con incredulidad.

—¿Una sociedad entre Cooper y yo?

Carlson asintió.

—Él es un veterano de guerra. Eso es fascinante. Sobrevivisteis a un accidente de aviación juntos, y soportasteis condiciones muy difíciles en el bosque canadiense antes de que os rescataran. Eso también tiene una gran dosis de drama, de atracción. Al público le encantará.

Todo el mundo, incluso su propio padre, consideraba que el accidente y las experiencias posteriores habían sido una gran aventura en vez de una cuestión de vida o muerte, o una película con Cooper y ella como protagonistas.

Carlson estaba demasiado entusiasmado con sus

planes como para darse cuenta de que Rusty reaccionaba muy negativamente.

—Podría hacer unas cuantas llamadas y hoy mismo, al atardecer, tendría reunido un grupo de inversores a los que les encantaría construir casas en aquella zona. Hay una pista de esquí en Rogers Cap, pero está mal gestionada. La modernizaríamos y mejoraríamos sus edificios. Por supuesto, con Landry como socio. Eso nos facilitaría las cosas con los demás habitantes de la zona. Él no es muy sociable, pero mis investigadores me han dicho que tiene mucha influencia. Su nombre tiene un significado allí arriba. Cuando las casas estén en construcción, tú podrías empezar a venderlas. Todos ganaríamos millones.

Rusty tenía demasiadas objeciones como para enumerarlas, así que ni siquiera lo intentó. Tenía que acabar con el proyecto antes de que tomara forma.

—Padre, por si no has escuchado el mensaje que te he dado hace un minuto, el señor Landry no está interesado en ganar dinero —dijo ella—. Ganar dinero con un proyecto inmobiliario sería un anatema para él. Adora la naturaleza tal y como está. Quiero que la dejen en paz, tal y como está.

—Todo el mundo tiene su precio, Rusty.

—Cooper Landry no.

Carlson le acarició la mejilla a su hija.

—Tu ingenuidad es encantadora.

El brillo de sus ojos le resultaba familiar y alarmante a Rusty. Le indicaba que su padre había olfateado el gran negocio. En la comunidad de tiburones capitalistas, su padre era el que tenía las mandíbulas más potentes. Ella lo tomó de la mano y se la apretó.

—Prométeme, prométeme que no lo harás. No lo conoces.

—¿Y tú sí? Mira, Rusty, no te he hecho preguntas que pueden resultarte embarazosas de responder. Quería ahorrárnoslo. Sin embargo, no estoy ciego. Landry es casi la caricatura de un hombretón. Es un solitario arisco típico, por el que las mujeres suspiran, y fantasean con el hecho de domesticarlo.

Entonces, la tomó por la barbilla y la obligó a mirarlo.

—Estoy seguro de que tú eres lo suficientemente inteligente como para no haber caído rendida por un par de hombros anchos y un carácter agriado. Espero que no hayas formado ningún vínculo emocional con ese hombre. Eso sería poco afortunado.

Sin saberlo, su padre había repetido la teoría de

Cooper, que sus sentimientos se debían al hecho de depender el uno del otro.

—En esas circunstancias, ¿no sería natural formar un vínculo con él?

—Sí, pero las circunstancias han cambiado. Ya no estás aislada con Landry en el bosque. Estás en casa. Tienes un estilo de vida que no debes arriesgar por un enamoramiento juvenil. Sucediera lo que sucediera allí arriba —dijo él—, ha terminado, y debes olvidarlo.

Cooper le había dicho lo mismo. Sin embargo, ella sabía que no había terminado. Ni por asomo. Y no podría olvidarlo. Lo que sentía por Cooper no iba a debilitarse. No había formado una dependencia psicológica de él, una dependencia que fuera a desaparecer cuando retomara su vida anterior.

Se había enamorado. Cooper ya no era su protector, sino algo más. Era el hombre al que quería. Y aunque se separaran, aquello no iba a cambiar.

—No te preocupes, papá. Sé exactamente lo que siento por el señor Landry.

Aquélla era la verdad. Que su padre sacara sus propias conclusiones.

—Buena chica —dijo Carlson, dándole unos golpecitos en el hombro—. Sabía que podía contar contigo, que saldrías de esto más fuerte y más lista que nunca. Igual que tu hermano, tienes la cabeza sobre los hombros.

Rusty llevaba en casa una semana, después de pasar otros siete días en el hospital, recuperándose de la primera operación de la pierna. La cicatriz no había mejorado demasiado, pero el doctor le había asegurado que después de otras intervenciones, sería prácticamente indetectable.

Aparte de una pequeña molestia en la piel de la tibia, se sentía perfectamente. Le habían quitado los vendajes, pero el cirujano le había aconsejado que no se pusiera ropa sobre la herida, y que continuara usando las muletas para caminar.

Había recuperado los kilos que había perdido después del accidente Cada día pasaba media hora tomando el sol para recuperar su ligero bronceado. Sus amigas la habían llevado a un salón de belleza para que le hicieran un tratamiento completo. Nunca estaba sin compañía; sus amigos aparecían en su casa para llevarle regalos que la alegraran. Físicamente se estaba recuperando bien, pero su espíritu aún no había comenzado a restablecerse.

Nunca se había sentido tan sola.

Tenía mucho tiempo libre, pero nunca estaba ociosa. La predicción de su padre había resultado ser cierta: de repente, se había convertido en toda una celebridad entre los agentes inmobiliarios. Todo el mundo que quería vender o comprar algo le pedía consejo sobre las fluctuaciones del mercado.

Cada día tenía llamadas de nuevos clientes, incluyendo un gran número de actores y presentadores de televisión. Pasaba muchas horas al teléfono y, normalmente, habría estado entusiasmada por tener clientes tan importantes. En vez de eso, sentía una tristeza inexplicable.

Su padre no había vuelto a mencionar el proyecto de urbanizar Rogers Cap. Rusty esperaba que se le hubiera quitado la idea de la cabeza. Él pasaba por su casa todos los días para comprobar sus progresos, pero sin embargo, Rusty sospechaba, quizá injustamente, que su padre estaba más interesado en recoger su cosecha de nuevos negocios que en su recuperación.

Él se puso cada vez más impaciente, y cada vez la animaba con más ímpetu a que se incorporara al trabajo. Aunque ella estuviera siguiendo las órdenes del médico, sabía que estaba estirando su convalecencia todo lo posible. Sin embargo, tenía intención de volver al trabajo en cuanto se encontrara mejor y más preparada.

Aquella tarde, en concreto, emitió un gruñido

de irritación al oír que alguien llamaba a la puerta. Su padre la había llamado un poco antes para decirle que tenía una reunión de trabajo que no le permitiría ir a verla aquel día. Rusty se había sentido aliviada. Quería a su padre, pero le vendría bien aquel lapsus en las visitas diarias, que siempre la dejaban exhausta.

Evidentemente, aquella reunión debía de haber sido cancelada, y ella no iba a poder descansar.

Ella tomó las muletas y se dirigió hacia la puerta principal. Llevaba tres años viviendo en aquella casa. Era pequeña, blanca, con el tejado de teja roja, de estilo californiano. Estaba situada al borde de un pequeño acantilado, y en sus muros crecía una exuberante buganvilla.

Apoyándose en una de las muletas, abrió la puerta.

Cooper no dijo nada. Ella tampoco. Se miraron durante un largo instante, y silenciosamente, ella se hizo a un lado para que él pudiera pasar. Rusty cerró la puerta y se volvió a mirarlo.

—Hola.

—Hola.

—¿Qué estás haciendo aquí?

—He venido a ver qué tal tienes la pierna —dijo él, y miró hacia abajo. Rusty estiró la pierna para que él se la inspeccionara—. No parece que haya mejorado mucho.

—Pero mejorará —dijo ella defensivamente—. Me lo ha dicho el médico.

Él no insistió. Miró a su alrededor pausadamente, y dijo:

—Me gusta tu casa.

—Gracias.

—Se parece a la mía.

—¿De verdad?

—Quizá la mía sea un poco más sólida. La decoración no es tan elegante. Pero se parecen. Habitaciones grandes. Muchas ventanas.

Ella notó que se había recuperado lo suficiente como para moverse. Al verlo le había flaqueado la rodilla sana, y había estado a punto de desmayarse. En aquel momento, se sintió lo suficientemente segura como para caminar, y le indicó que la siguiera.

—Vamos dentro. ¿Te apetece tomar algo?

—Un refresco, por favor.

—¿Limonada?

—Muy bien.

—Sólo tardaré un minuto en hacerla.

—No te molestes.

—No es molestia. Yo también tenía sed.

Cuando llegaron a la cocina, ella le señaló una silla y le pidió que se sentara. Después se dirigió hacia el refrigerador.

—¿Te ayudo? —le preguntó él.

—No, gracias. Tengo práctica.

Volvió la cabeza, con una sonrisa, y se dio cuenta de que él le estaba mirando las piernas. Pensando que iba a estar sola todo el día, Rusty se había puesto un par de pantalones cortos y no se había molestado en calzarse. Llevaba las puntas de la camisa atadas a la cintura y el pelo recogido en una cola de caballo.

Cuando se vio sorprendido mirándole las piernas a Rusty, Cooper se movió azoradamente en la silla.

—¿Te duele?

—¿El qué?

—La pierna.

—Oh, no. Bueno, un poco. De vez en cuando. Se supone que no debo caminar, ni conducir, ni nada parecido.

—¿Has vuelto a trabajar?

Ella negó con la cabeza.

—Llevo algunos clientes desde aquí, por teléfono, pero aún no me apetece arreglarme e ir a la oficina.

Sacó una lata de limonada concentrada de la nevera. Mientras trabajaba, le preguntó a Cooper:

—¿Y tú? ¿Has tenido mucho trabajo desde que llegaste a casa?

Vertió el concentrado espeso en una jarra y añadió una botella de agua mineral fría. Cooper observaba todos sus movimientos con atención. A ella le temblaban las manos mientras ponía cubitos de hielo en la jarra.

—Sí, he estado muy ocupado —le dijo él.

—¿Cómo estaba todo cuando llegaste?

—Bien. Un vecino le había estado dando de comer a mi ganado. Supongo que hubiera seguido haciéndolo indefinidamente si yo nunca hubiera aparecido.

—Eso es un buen vecino. ¿No tienes ningún trabajador en el rancho?

—De vez en cuando. Trabajadores temporales. La mayoría son locos del esquí que sólo trabajan para mantenerse. Cuando se les termina el dinero, trabajan un poco para poder comprarse los tiques de ascenso y la comida. Este sistema funciona para ellos y para mí.

—Porque no te gusta que haya gente a tu alrededor.

—Exacto.

Rusty se sintió deprimida. Evitó aquel sentimiento preguntándole:

—¿Te gusta esquiar?

—Un poco. ¿Y a ti?

—Sí, aunque... —se miró la pierna y con un suspiro, dijo—: Quizá este año no pueda hacerlo.

—Quizá sí. El hueso no se rompió.

—Quizá.

Y parecía que aquello era todo lo que tenían que decirse. Como por un acuerdo tácito, ambos dejaron de hablar y se dedicaron a lo que realmente querían hacer: mirarse. Ella lo observó con avidez, y él le pasó los ojos por el cuerpo como si hubiera olvidado todo lo que les rodeaba salvo a la mujer que tenía frente a sí.

Entonces la miró fijamente a la cara y vio reflejada en ella el mismo deseo que él sentía. Sus ojos fueron como imanes que la atrajeron a su campo. Con las muletas, ella se acercó a Cooper sin dejar de mirarlo fijamente. Sólo tardó un segundo en llegar a su lado.

Ella dijo:

—Cooper, no puedo creerme que estés aquí.

Él inclinó la cabeza y, con un gemido, metió la cabeza entre sus pechos.

—Rusty, maldita sea. No podía estar alejado de ti.

Rusty sintió algo tan abrumador que tuvo que cerrar los ojos. Echó la cabeza atrás, totalmente rendida de amor por aquel hombre tan complejo. Susurró su nombre.

Él le rodeó la cintura con los brazos y le acarició con la cara el valle suave y fragante que había entre sus senos. Abrió las manos por su espalda y la atrajo hacia sí, aunque ella no pudiera mover los pies.

—Te he echado de menos —admitió Rusty con la voz ronca. No esperaba que él hiciera la misma confesión, y Cooper no la hizo. Sin embargo, el fervor con el que la abrazaba era suficiente prueba de cómo la había añorado.

—Oía tu voz por todas partes y me volvía con la esperanza de verte —prosiguió ella—. O empezaba a decirte algo hasta que me daba cuenta de que no estabas.

—Dios, hueles muy bien —dijo él.

Con la boca abierta, le mordisqueó suavemente las curvas del pecho, tomando también la ropa entre sus blancos dientes.

—Y tú hueles a las montañas —respondió ella, besándole el pelo.

—Tengo que... —Cooper comenzó a deshacer frenéticamente el nudo de la camisa de Rusty— darte... —cuando lo consiguió, le abrió los botones de un tirón— un mordisco.

Su boca se cerró en la parte carnosa de uno de sus senos, que le sobresalía de la copa del sujetador.

Al primer contacto caliente de su boca en la piel, ella se arqueó hacia atrás y gimió. Emitió un sonido muy parecido a un sollozo. Era a la vez frustrante y excitante no poder usar las manos. La sensación de impotencia era estimulante.

—Cooper —jadeó en tono suplicante.

Él le quitó la camisa y le desabrochó la trabilla del sujetador y la dejó desnuda de cintura para arriba ante sus ojos. Aquello era suficiente. Se bebió su imagen con los ojos antes de atrapar uno de sus pezones erectos entre los labios. Lo succionó con delicadeza. Le acarició ambos senos con las mejillas y la barbilla, la boca, la nariz, las cejas. Rusty, que se apoyaba con precariedad en las muletas, estaba recitando su hombre con fervor.

—Dime lo que quieras. Cualquier cosa —le pidió él en un susurro—. Dímelo.

—Tocar. Que me toques.

—¿Dónde?

—Cooper...

—¿Dónde?

—Ya sabes dónde —suspiró ella.

Bruscamente, él le desabrochó los pantalones cortos. Sus pequeñas braguitas apenas le cubrían el triángulo de rizos. Él quiso sonreír, pero tenía el rostro rígido de pasión y no pudo. Sólo fue capaz de emitir un sonido gutural de aprobación mientras le quitaba las bragas junto a los pantalones. Entonces, le besó aquel monte del color de la canela.

Ella perdió las fuerzas. Soltó las muletas, que cayeron al suelo con un golpe. Se desplomó ligeramente hacia delante, y tuvo que apoyarse en los hombros de Cooper. Cuando lo hizo, él bajó de la silla y se arrodilló ante ella.

Rusty tuvo que morderse el labio inferior para evitar gritar de placer cuando él separó la carne húmeda con los dedos y hundió la lengua en su suavidad.

Él no se detuvo allí. No se detuvo en absoluto. Ni siquiera después de que ella se abandonara al primer clímax. Ni al segundo. No se detuvo hasta que ella tuvo el cuerpo cubierto con una fina capa de sudor, hasta que los mechones de su pelo rojizo colgaban húmedos de sus sienes y por sus mejillas, hasta que ella quedó temblorosa.

Sólo entonces, se puso en pie y la tomó en brazos.

—¿En qué dirección? —le preguntó.

Su rostro tenía la expresión más suave que Rusty hubiera visto nunca. Su mirada había perdido el recelo. Ella levantó la mano y le señaló el camino hacia su habitación. Él la encontró sin dificultad. Sonrió al entrar por la puerta, como si le gustara lo que veía. Con gentileza, la posó en el suelo con la pierna izquierda, apartó la manta de la cama y le dijo:

—Túmbate.

Ella obedeció, y vio que él entraba en el baño. Oyó correr el agua, y después él volvió al cuarto con una toalla húmeda. No dijo nada, pero sus ojos hablaban sin palabras cuando la ayudó a incorporarse y le quitó la camisa y el sujetador. Ella se quedó ante él, totalmente desnuda, sin inhibiciones.

Él le pasó la toalla húmeda y fresca por los brazos, por los hombros, por el cuello. Después la tumbó de nuevo en el colchón, hizo que levantara los brazos por encima de la cabeza y pasó por sus axilas. Ella ronroneó de sorpresa y placer; Cooper bajó la cabeza y entre sus gemidos, la besó en los labios.

Continuó acariciándole el cuerpo con la toalla húmeda: el torso, los pechos. Los pezones se le endurecieron, y él sonrió. Después rozó una rojez que ella tenía en la piel.

—Parece que siempre te hago marcas —dijo Cooper con una punzada de arrepentimiento—. Lo siento.

—Yo no.

A él le brillaron los ojos ardientemente mientras le pasaba la mirada por el estómago y el ombligo. Le lamió el sudor de la hendidura antes de bañarle el resto del abdomen. Después pasó por sus piernas, con cuidado de no rozar la nueva cicatriz.

—Vuélvete.

Ella obedeció, y descansó la mejilla sobre las manos entrecruzadas en la almohada. Cooper se tomó su tiempo mientras le limpiaba la espalda con la toalla. A la altura de la cintura, se detuvo, y después continuó con sus nalgas.

–Mmm –suspiró ella.

–Eso debo decirlo yo.

–Continúa.

–Mmm.

Él pasó más tiempo del necesario para enjugarle el resto del sudor. Le limpió la parte trasera de las piernas, hasta que llegó a las plantas de los pies, donde se recreó al descubrir que ella tenía cosquillas.

–Relájate un segundo –le pidió él al terminar, cuando se alejaba de la cama para quitarse la ropa.

–Eso es fácil decirlo. Tú no has sido objeto de semejantes mimos.

–Pues prepárate, nena. Hay más.

Rusty no estaba preparada para sentirlo desnudo y cálido, tumbado sobre su espalda. Tomó aire bruscamente y se estremeció al notar la aspereza de vello contra la piel. Él le atrapó los muslos con los suyos. Ella notó su sexo rígido de deseo en el trasero.

Cooper le cubrió el dorso de las manos con las palmas y entrelazó los dedos con los de ella, y usó la nariz para apartar la coleta de Rusty para poder llegar hasta su oreja.

—Mi deseo por ti no me deja hacer nada —susurró Cooper—. No puedo trabajar, ni dormir, ni comer. Ya no estoy cómodo ni siquiera en mi casa. Me lo has estropeado todo. Las montañas ya no tienen belleza. Tu rostro me ha cegado.

Él se movió contra ella para colocarse con más firmeza sobre su cuerpo.

—Creía que conseguiría sacarte de mi cabeza, pero hasta el momento no he podido. Incluso fui a Las Vegas y contraté a una mujer para que me acompañara por la noche. Cuando fuimos a la habitación del hotel, no conseguí sentir nada. No pude hacer nada. No quería. Finalmente, la mandé a su casa.

Cooper escondió la cara en su nuca.

—Bruja pelirroja, ¿qué me hiciste allí arriba? Yo estaba bien, ¿entiendes? Bien hasta que llegaste tú, con tu boca de satén y su piel de seda. Ahora, mi vida ya no vale nada. Lo único que puedo hacer es pensar en ti.

Él hizo que ella se diera la vuelta y la atrapó bajo su cuerpo. Entonces, la besó.

—Tengo que poseerte. Ahora.

Apretó el cuerpo contra el de ella como si ambos fueran a fundirse en uno solo. Le abrió las rodillas y de un solo movimiento de las caderas, se hundió entre los pliegues generosos de su feminidad.

Con un gruñido de placer, él bajó la cabeza hasta su pecho y se lo lamió.

Él tenía la piel sonrojada. A ella le quemaban las manos mientras le acariciaba los músculos de la espalda y las caderas. Le tomó las nalgas duras entre las manos y lo empujó hacia delante para que se hundiera más en ella. Él gimió su nombre e hizo que sus bocas se unieran de nuevo. Aquel beso tuvo un simbolismo carnal.

Rusty no se sintió abrumada por todo aquel poder masculino. Al contrario, se sintió libre, fuerte como para volar. Tal y como su cuerpo estaba abierto a Cooper, lo estaban su corazón y su alma. El amor los bañó abundantemente. Él debía notarlo. Debía saberlo.

Ella sí lo sabía, porque él estaba diciendo su nombre al ritmo de sus embestidas, y tenía la voz entrecortada de emoción. Sin embargo, un segundo antes de perder la capacidad de razonar, Rusty sintió que iba a retirarse de su cuerpo.

—¡No! ¡Ni lo pienses!

—Sí, Rusty, Sí.

—Te quiero, Cooper —dijo ella, y cruzó los tobillos por su cintura—. Te deseo, te deseo completo.

—No, no —gimió él, entre el placer y la consternación.

—Te quiero.

Él apretó los dientes, echó la cabeza hacia atrás y se abandonó al orgasmo con un gruñido largo, bajo, primitivo, que provenía directamente de su alma. Y llenó a la mujer a la que quería con su semilla caliente y rica.

Bañado en sudor por el esfuerzo, Cooper se desplomó sobre Rusty. Ella lo abrazó fuertemente. Quería mecerlo como si fuera un niño.

Pasó una eternidad antes de que él recuperara fuerzas para moverse, pero ninguno de los dos tenía prisa por que sus cuerpos se separaran. Finalmente, él se apartó de ella y se tumbó boca arriba, saciado. Rusty lo miró. Tenía los ojos cerrados, y una expresión mucho más relajada que cuando había entrado por la puerta de su casa.

Ella posó la cabeza en su pecho y le acarició el estómago.

—No era sólo de mí de quien querías retirarte, ¿verdad?

Por algún motivo, ella supo que era la primera

vez en mucho tiempo que él había completado un acto amoroso.

—No.

—No era porque yo pudiera quedarme embarazada, ¿verdad?

—No.

—¿Por qué haces el amor de esa manera, Cooper?

Él abrió los ojos. Tenía una mirada de cautela. Rusty siempre había pensado que él no tenía miedo de nada. Pero no era así: tenía miedo de ella, de una mujer desnuda que estaba tumbada a su lado, observándolo con fascinación, hechizada por él. ¿Que amenaza podía representar ella?

—¿Por qué te has impuesto esa clase de disciplina? —le preguntó Rusty suavemente—. Cuéntamelo.

Él clavó los ojos en el techo.

—Hubo una mujer.

Ah. La mujer, pensó Rusty.

—Se llamaba Melody. La conocí poco después de volver de Vietnam. Yo estaba muy mal. Amargado. Furioso. Ella... ella me dio perspectiva para las cosas, enfocó mi vida. Yo iba a la universidad con una beca de soldado. Íbamos a casarnos en cuanto terminara. Pensaba que todo iba bien entre nosotros.

Él cerró los ojos, y Rusty supo que se acercaba a la parte más difícil de la historia.

—Entonces se quedó embarazada. Y sin que yo lo supiera, abortó.

Cooper apretó con fuerza los puños, y la mandíbula se le puso rígida de ira. Rusty se sobresaltó cuando él se volvió hacia ella bruscamente.

—Mató a mi hijo. Después de toda la muerte que yo había visto, ella...

Se le alteró tanto la respiración que a Rusty le dio miedo que sufriera un ataque cardíaco. Ella posó una mano sobre su pecho y dijo su nombre con suavidad para reconfortarlo.

—Lo siento muchísimo, Cooper, cariño. Lo siento.

Él tomó aire profundamente, varias veces.

—Sí.

—Y has estado furioso con ella desde entonces.

—Al principio sí. Pero entonces comencé a odiarla demasiado como para seguir enfadado con ella. Yo había compartido muchos secretos con ella. Ella sabía lo que yo tenía en la cabeza, cómo me hacían sentir las cosas. Ella me había pedido que le hablara sobre el campo de prisioneros, y sobre todo lo que ocurrió allí.

—¿Sentiste que había abusado de tu confianza?

—Abusó de mi confianza y me traicionó. Me abrazaba mientras yo lloraba como un niño, hablándole sobre todos los compañeros que había visto morir —continuó él con la voz ronca—. Le hablé del infierno que tuve que pasar para poder escapar y sobrevivir hasta que me rescataron. E incluso después de que yo le contara que tuve que esconderme en un montón de cuerpos putrefactos para evitar que me encontraran…

—Cooper, no —le dijo Rusty, y lo abrazó.

—Ella se marchó sin decir nada y destruyó a nuestro hijo. Después de que yo hubiera visto a tantos niños destrozados, y probablemente hubiera matado a algunos, ella…

—Shh, shh. No sigas. Lo siento, cariño. Lo siento muchísimo.

—Dejé a Melody. Me fui a vivir a las montañas, compré ganado y construí mi casa.

«Y un muro alrededor de tu corazón», pensó Rusty con tristeza.

No era de extrañar que hubiera rechazado a la sociedad. Lo habían traicionado dos veces: una, su propio país, que no quería que le recordaran su error, y otra, la mujer a la que había amado y en quien había confiado.

—Y no querías arriesgarte a dejar embarazada a ninguna otra mujer.

Él la miró a los ojos.

—Exacto. Hasta ahora, no —respondió, y le tomó la cara con ambas manos—. Hasta que te conocí. No pude evitar llenarte —dijo, y la besó con fuerza—. Quería que durara para siempre.

Sonriendo, Rusty le mordió la parte carnosa de la mano, justo debajo del dedo gordo.

—Creía que iba a ser así.

Él también sonrió, complacido consigo mismo.

—¿De verdad?

Rusty se rió.

—De verdad.

—Esta vez te he dejado una marca especial. Llevas parte de mí en tu interior —dijo, y la besó.

—Eso era lo que quería. No hubiera permitido que me dejaras esta vez.

—¿Ah, no? —inquirió Cooper con un brillo entre arrogante y divertido en la mirada—. ¿Y qué habrías hecho?

—Habría opuesto resistencia. Habría luchado. Te deseaba mucho. Te deseaba completamente.

Cooper volvió a besarla, con los labios, con la boca, con la lengua, y Rusty notó en el vientre el cosquilleo familiar del deseo. Con un suspiro, le agarró la cabeza y lo apartó de ella. Cooper la miró con desconcierto, pero no se resistió cuando Rusty lo obligó a tumbarse bajo ella en la cama.

—¿Qué estás haciendo? —le preguntó.

—Voy a hacerte el amor, para variar.

—Creía que eso era lo que estábamos haciendo.

Ella sacudió la cabeza. Tenía el pelo suelto y revuelto, porque en algún momento la cola de caballo se le había deshecho.

—Tú me has hecho el amor a mí.

—¿Y cuál es la diferencia?

Con una sonrisa felina, con los ojos llenos de promesas, Rusty se estiró sobre él y comenzó a mordisquearle el cuello.

—Espera y verás.

En los lánguidos momentos posteriores, estaban tumbados el uno junto al otro con los brazos y las piernas entrelazados. Cooper tenía la voz enronquecida de gemir su nombre, y apenas contaba con las energías suficientes para acariciarle la espalda con las yemas de los dedos.

Después de un largo silencio, Rusty le preguntó:

—¿Cómo era la vida de tu familia?

—¿Mi vida familiar?

Mientras él recuperaba los recuerdos, le acariciaba distraídamente con la pierna, con cuidado de no rozarle la herida.

—Hace ya tanto tiempo que apenas me acuerdo. Mi padre iba a trabajar todos los días. Era viajante. Finalmente, su trabajo le provocó un ataque al corazón, y murió en el acto. Yo aún estaba en la escuela elemental. Mi madre nunca se recuperó de su pérdida. Estaba enfadada con él por haber muerto y haberla dejado viuda, y estaba enfadada conmigo por existir, supongo. De todos modos, para ella sólo fui una molestia. Tuvo que trabajar para mantenernos.

—¿Nunca volvió a casarse?

—No.

Probablemente, su madre también había culpado al hijo inocente por eso. Rusty rellenó los espacios vacíos y se imaginó la escena al completo. Cooper había crecido sin amor. No era de extrañar que de adulto, cuando alguien le extendía una mano con cariño, la mordiera en vez de aceptarla. No creía en la bondad humana, ni en el amor. Nunca lo había experimentado. Sus relaciones personales siempre habían estado teñidas de dolor, desilusión y traición.

—Me uní a los marines en cuanto me gradué en el instituto. Mi madre murió de cáncer de pecho durante mi primer año en Vietnam. Era de esa clase de mujeres demasiado obstinadas como para ir a revisarse un bulto antes de que fuera demasiado tarde.

Rusty le acarició la barbilla con el dedo pulgar, pasándolo ocasionalmente por la hendidura de su hoyuelo. Sentía una inmensa tristeza por el niño solitario y rechazado que había sido. Qué infelicidad. Por comparación, ella había tenido las cosas muy fáciles.

—Mi madre también murió —le dijo.

—Y después perdiste también a tu hermano.

—Sí. Jeff.

—Cuéntame cosas de él.

—Era maravilloso —dijo Rusty con una sonrisa afectuosa—. Le caía bien a todo el mundo. Era simpático y sociable. La gente se sentía atraída por él automáticamente. Y tenía unas asombrosas cualidades de líder. Hacía que los demás se rieran. Podía conseguirlo todo.

—Eso te lo han recordado muy a menudo.

Rápidamente, ella elevó la cabeza.

—¿Qué quieres decir?

Cooper hizo una pausa mientras reflexionaba sobre si era aconsejable continuar con aquella conversación; decidió que merecía la pena.

—¿Acaso tu padre no te pone a tu hermano como ejemplo continuamente?

—Jeff tenía un futuro prometedor en el campo inmobiliario. Mi padre también desea eso para mí.

—Pero... ¿es tu futuro el que quiere para ti, o el de tu hermano?

Ella se zafó de su abrazo y bajó las piernas de la cama.

—No sé a qué te refieres.

Él la agarró suavemente por el pelo para evitar que se alejara y se sentó a su lado, en el borde del colchón.

—Claro que lo sabes, Rusty. Todo lo que has dicho sobre tu padre y tu hermano me ha hecho creer que se espera que llenes el vacío de Jeff.

—Mi padre sólo quiere que me vaya bien.

—Lo que él considera bien. Eres una mujer inteligente y bella. Una buena hija. Tienes una profesión y tienes éxito. ¿No es suficiente para él?

—¡No! Quiero decir, sí, claro que sí. Pero quiere que aproveche todo mi potencial.

—O el de Jeff —dijo Cooper. Rusty intentó alejarse, pero él la sujetó por los hombros—. Como con ese viaje a Canadá.

—Te dije que fue idea mía, no de mi padre.

—Pero, ¿por qué te pareció que era necesario que fueras? ¿Por qué era responsabilidad tuya seguir con la tradición que él había compartido con Jeff? Sólo fuiste porque te pareció que podría agradar a tu padre.

—¿Y qué tiene eso de malo?

—Nada, si fue estrictamente un gesto de sacrificio, de amor. Pero yo creo que querías demostrarle algo. Creo que querías que tu padre te considerara tan maravillosa como a Jeff.

—Bueno, pues fracasé.

—¡Eso es lo que quiero decir! A ti no te gusta pescar ni cazar. ¿Y qué? ¿Eso es un fracaso?

Ella se las arregló para liberarse y, una vez que estuvo de pie, se giró hacia él.

—No lo entiendes, Cooper.

—Es evidente que no. No entiendo por qué, siendo como eres, no eres suficiente para tu padre. ¿Por qué tienes que estar demostrándole cosas continuamente? Perdió a su hijo, lo cual fue una desgracia. Pero tiene una hija, y está intentando convertirla en algo que no es. Los dos estáis obsesionados con Jeff. Hiciera lo que hiciera tu hermano, estoy seguro de que no caminaba por el agua.

Rusty lo señaló con un dedo.

—Tú no eres la persona más apropiada para hablar sobre las obsesiones de los demás. Tú alimentas tu dolor obsesivamente. Parece que te complaces con tu desesperación.

—Eso es una locura.

—Exactamente. Para ti es más fácil quedarte en tu montaña que mezclarte con el resto de los seres humanos. Si lo hicieras, tendrías que abrirte, y la gente atisbaría cómo eres. Y eso te provoca terror, ¿no es así? Porque alguien puede descubrir que no eres el canalla duro, frío y sin sentimientos que aparentas. Quizá alguien decida que eres capaz de dar y recibir amor.

—Nena, yo abandoné la idea del amor hace mucho tiempo.

—Y entonces, ¿qué ha pasado ahora mismo? —preguntó ella, señalando la cama.

—Era sexo —respondió él.

Rusty se encogió ante el tono tan desagradable que él había utilizado, pero después alzó la cabeza orgullosamente.

—Para mí no. Yo te quiero, Cooper.

—Eso es lo que dices.

—¡Es cierto!

—Estabas en un momento de plena pasión cuando lo dijiste. Eso no cuenta.

—¿No crees que yo te quiero?

—No. El amor no existe.

—Claro que sí. Tú aún quieres a tu hijo, aunque no naciera. Aún sufres por él, porque lo querías. Y quieres a todos esos hombres a los que viste morir en el campo de prisioneros.

—Rusty...

—Viste a tu madre pasarse la vida entre la ira y la amargura. Se regodeaba con su desgracia. ¿Quieres malgastar así tu existencia?

—Mejor eso que vivir como tú, luchando siempre por ser alguien que no eres.

La hostilidad restalló entre ellos. Era tan fuerte que ninguno de los dos oyó el timbre de la puerta. Hasta que Bill Carlson no llamó a su hija varias veces, no se dieron cuenta de que no estaban solos.

—¡Rusty!

—Sí, papá —dijo ella, y comenzó a vestirse apresuradamente.

—¿Va todo bien? ¿De quién es ese coche que hay en la entrada?

—Ahora mismo salgo, papá.

Cooper se estaba vistiendo con mucha más compostura que ella. Rusty no pudo evitar preguntarse si era aquélla la primera vez que se encontraba en una situación tan comprometida, quizá por la inoportuna aparición de un marido.

Cuando estuvieron vestidos, él la ayudó a tomar las muletas y salieron al pasillo. Ruborizada, Rusty entró en el salón.

Su padre estaba caminando con impaciencia por el salón. Cuando se volvió y vio a Cooper, su expresión fue de desaprobación. Le lanzó una mirada helada antes de fijar los ojos en su hija.

—No quería dejar pasar ni un solo día sin verte.

—Gracias, papá, pero no es necesario que vengas todos los días.

—Ya lo veo.

—Te... te acuerdas del señor Landry.

Los dos hombres se saludaron con frialdad, y Cooper mantuvo la boca cerrada. Rusty no podía hablar. Estaba demasiado avergonzada. Carlson fue el primero que rompió el silencio.

—En realidad, ésta es una oportunidad fantástica para tener una reunión —dijo—. Tengo algo que hablar con los dos. ¿Nos sentamos?

—Claro —dijo Rusty con nerviosismo—. Lo siento. Eh, ¿Cooper?

Le señaló una butaca para que se sentara, y después de un titubeo, él se dejó caer en el asiento. Su insolencia le provocó más nervios. Le lanzó una mirada de advertencia, pero él estaba observando fijamente a su padre. Y lo observaba con la misma cautela y la misma sospecha con la que había mirado a los Gawrylow. Aquel recuerdo la inquietó. ¿Qué correlación estaba estableciendo Cooper entre ellos y su padre? Ella acercó su silla a Carlson.

—¿Sobre qué quieres hablar con nosotros, papá?

—De ese proyecto sobre el que te hablé hace unos días.

A Rusty se le encogió el estómago. Palideció y notó que se le humedecían las palmas de las manos.

—Creía que ya lo habíamos resuelto todo.

Carlson se rió.

—No. Pero ahora podemos hacerlo. Los inversores han tenido ocasión de plasmar algunas de las ideas sobre papel. Les gustaría presentarle esas ideas al señor Landry.

—¿Podría alguien explicarme de qué demonios se trata? —preguntó Cooper, interrumpiéndolo groseramente.

—No —dijo Rusty.

—Claro que sí —dijo Carlson.

Con su típico modo desenvuelto, le explicó su idea de construir en la zona de Rogers Cap y convertirla en una pista de esquí exclusiva.

Para resumir, dijo:

—Antes de que hayamos terminado, trabajando sólo con los arquitectos y los constructores más innovadores, será la competencia directa de Aspen, Vail, Keystone... Estoy seguro de que, en algunos años, podemos estar celebrando las Olimpiadas de invierno allí. Y bien, señor Landry, ¿qué le parece?

Cooper, que no había parpadeado durante el recital de Carlson, se puso en pie lentamente. Rodeó los muebles del salón varias veces, como si estuviera considerando aquella propuesta. Como él poseía algunas de las tierras sobre las que iban a construirse las casas, y le habían ofrecido el puesto de coordinador local del proyecto, podía ganar una gran cantidad de dinero.

Carlson miró a su hija y le guiñó un ojo, seguro de la capitulación de Landry.

—¿Que qué pienso? —repitió Cooper.

—Sí —dijo Carlson amablemente.

Cooper lo miró fijamente a los ojos.

—Creo que usted está lleno de basura, y que su idea apesta —dijo con absoluto desprecio—. Y para su información, lo mismo puede aplicarse a su hija.

Miró a Rusty de un modo que podría haberla convertido en piedra y salió de la casa, sin molestarse tan siquiera en cerrar la puerta. Oyeron el motor de su coche y después el crujido de la gravilla cuando las ruedas se pusieron en marcha.

Carlson dijo:

—Bien, me doy cuenta de que tenía razón sobre él durante todo este tiempo.

Sabiendo que ella nunca se recuperaría de la herida que Cooper le había hecho, Rusty replicó sin fuerzas:

—No puedes estar más equivocado, papá.

—Es un salvaje.

—Es sincero.

—Un hombre sin ambición ni aplomo.

—Sin pretensiones.

—Y parece que sin moral. Se aprovechó de tu soledad y confinamiento.

Ella se rió suavemente.

—No sé exactamente quién se llevó a quién a la habitación, pero él no me obligó a nada.

—Entonces, ¿sois amantes?

—Ya no —respondió Rusty con los ojos llenos de lágrimas.

Cooper pensaba que ella lo había traicionado como la otra mujer, Melody. Pensaba que ella había sido el instrumento de su padre, que había usado el sexo para conseguir un beneficio. Nunca la perdonaría, porque no creía que ella lo quisiera.

—¿Has sido su amante durante todo este tiempo? ¿A mis espaldas?

—Sí. En Canadá nos convertimos en amantes. Cuando se marchó del hospital, aquel día, volvió a su casa, y yo no había vuelto a verlo hasta esta tarde.

—Entonces, parece que tiene más sentido común de lo que yo creía. Sabe que vosotros dos sois incompatibles. Como la mayoría de las mujeres, tú ves la situación con romanticismo. Te estás guiando por tus emociones en vez de hacerlo con la cabeza. Creía que tú estabas por encima de esa debilidad femenina.

—Pues parece que no, papá. Da la casualidad de que soy una fémina. Y tengo debilidades, y puntos fuertes también.

Él se puso en pie y la abrazó de manera conciliadora. Ella se había levantado y había tomado las muletas, así que él no se dio cuenta de la rigidez de su cuerpo cuando la abrazaba.

—Ya veo que ese Landry te ha disgustado otra vez. Es un canalla por haber dicho lo que ha dicho de ti. Estás mejor sin él, Rusty, créeme. Sin embargo, no permitiré que su incapacidad social y emocional nos impida hacer negocios. Tengo la intención de continuar con nuestros planes a pesar de sus objeciones.

—Papá, te ruego que...

—Shh. No hablemos más esta noche. Mañana te sentirás mejor. Aún estás abrumada. Creo que no fue buena idea que te sometieras a esa operación tan pronto después del accidente. Es comprensible que aún no seas tú misma. Uno de estos días recuperarás el sentido común y volverás a ser la vieja Rusty. Tengo la seguridad de que no me vas a decepcionar.

Después de decirle aquello, le besó la frente.

—Buenas noches, cariño. Mira esta proposición —le dijo. Sacó un sobre de su maletín y lo dejó en la mesa—. Mañana pasaré por aquí para escuchar tu opinión.

Cuando su padre se hubo marchado, Rusty volvió al dormitorio. Se dio un largo baño. Sin embargo, cuando estuvo seca y se hubo aplicado la crema, aún no había conseguido borrarse del cuerpo las huellas de sus relaciones sexuales con Cooper.

Notaba los labios tiernos e hinchados. Cada vez que se los humedecía, podía saborearlo.

Las sábanas de la cama olían a Cooper, y Rusty revivió todos los momentos que habían pasado juntos aquella tarde, el placer compartido, la conversación... Sintió un gran anhelo por él, y supo que su vida sería una sucesión de días vacíos y noches sin alegría.

Tendría su trabajo, claro.

Y tendría a su padre.

Y a su círculo de amigos.

Sus actividades sociales.

Pero nada de aquello era suficiente.

Había un gran vacío en el lugar donde debería estar el hombre al que quería.

Se sentó en la cama y se tapó con la sábana, pensando en aquello. Tenía unas opciones muy evidentes: o le daba la espalda, o luchaba por él. Su mayor enemigo sería el mismo Cooper. Era obstinado como una mula y desconfiado. Sin embargo, finalmente, ella lo convencería de que estaba enamorada de él, y que él estaba enamorado de ella.

Cooper podría negarlo, pero ella lo sabía, porque cuando su padre había expuesto aquel horrible plan, justo antes de que el rostro de Cooper se hubiera llenado de desprecio, había reflejado un gran dolor. Y ella no tendría el poder de hacerle tanto daño si él no la quisiera.

De repente, supo a la perfección lo que iba a hacer a la mañana siguiente.

A su padre le pilló por sorpresa. Era un estratega tan astuto como el general Patton, pero no se había esperado aquel ataque sorpresa.

—¡Vaya, Rusty! —exclamó al verla en su despacho—. Qué sorpresa más agradable.

—Buenos días, papá.

—¿Qué estás haciendo aquí?

—Tenía que verte, y no podía esperar a que tuvieras un hueco en tu apretada agenda de trabajo.

Él salió de detrás de su escritorio con las manos extendidas para tomarle las suyas.

—Ya veo que estás mucho mejor —le dijo, y al ver su ropa informal, añadió—: pero parece que no vas a tu oficina.

—No.

Carlson la observó con la cabeza ladeada; era evidente que estaba esperando una explicación. Como no la obtuvo, preguntó:

—¿Dónde están las muletas?

—En mi coche.

—¿Has venido conduciendo? No sabía que...

—Sí, he venido conduciendo. Quería venir directamente a enfrentarme contigo.

Él se apartó de ella y se sentó al borde del escritorio.

—Entiendo que has leído la proposición —dijo él, señalando con un gesto de la cabeza el sobre que ella llevaba bajo el brazo.

—Sí.

—¿Y?

Rusty rompió el sobre en dos y arrojó los pedazos al escritorio de su padre.

—Deja en paz a Cooper Landry. Deja ese proyecto de Rogers Cap. Hoy.

Él se rió y se encogió de hombros con un gesto de impotencia.

—Ya es un poco tarde para eso, querida Rusty. La maquinaria se ha puesto en marcha.

—Detenla.

—No puedo.

—Entonces, estás en un buen lío con todos esos inversores a los que has convencido, papá. Porque voy a resistirme con todas mis fuerzas. Haré que todos los grupos ecologistas del país se te echen encima. No creo que quieras eso.

—Rusty, por el amor de Dios, ten sentido común —le dijo él.

—Lo tengo. Me he dado cuenta de que hay algo mucho más importante que cualquier negocio. Incluso más importante para mí que ganarme tu aprobación.

—¿Landry?

—Sí.

—¿Vas a dejar todo aquello por lo que has luchado sólo por él?

—Querer a Cooper no me va a privar de nada que haya hecho en el pasado ni de nada que vaya a hacer en el futuro. Un amor tan fuerte como éste sólo puede embellecer las cosas, no romperlas.

—¿Te das cuenta de las ridiculeces que estás diciendo?

Ella no se ofendió. Se rió.

—Supongo que sí. Los amantes a menudo dicen tonterías, ¿verdad?

—Esto no tiene gracia, Rusty. Si haces esto, habrás tomado una decisión irreversible. Cuando abandones tu puesto aquí, no podrás recuperarlo.

—No creo, papá —replicó ella—. Piensa en lo malo que sería para tu negocio el hecho de prescindir de la mejor de tus empleadas —dijo. Se sacó una llave del bolsillo de la chaqueta y se la entregó—. Es la de mi oficina. Voy a tomarme una excedencia indefinida.

—Estás cometiendo un grave error.

—Ya cometí un error en Great Bear Lake. Eso también lo hice por amor —le dijo. Se dio la vuelta y se dirigió hacia la puerta.

—¿Adónde vas? —bramó Bill Carlson. No estaba acostumbrado a que nadie lo dejara plantado.

—A Rogers Cap.

—¿Para qué?

Rusty se volvió hacia su padre. Lo quería mucho, pero no podía seguir sacrificando su felicidad por él.

—Voy a hacer algo que Jeff nunca podría haber hecho: voy a tener un hijo.

14

Rusty estaba al borde del precipicio. Inspiró profundamente el aire fresco y limpio. Nunca se cansaba de aquel paisaje. Era algo constante, pero al mismo tiempo cambiante. Aquel día, el cielo estaba azul, y las cumbres de las montañas, blancas contra el horizonte. Los árboles tenían infinitos tonos de verde.

—¿No tienes frío?

Su marido se acercó a ella y la tomó entre sus brazos. Ella se acurrucó contra él.

—Ahora no. ¿Cómo está el potro?

—Está desayunando, para satisfacción suya y de su madre.

Ella sonrió e inclinó la cabeza hacia un lado. Él le bajó un poco el cuello alto del jersey y le besó el cuello.

—¿Y cómo está la otra madre del lugar?

—Todavía no soy madre —respondió Rusty, y sonrió con placer cuando él le pasó las manos por el vientre abultado.

—A mí me parece que sí.

—Crees que esta nueva figura mía es graciosa, ¿no? —le preguntó, con el ceño fruncido. Sin embargo, le resultaba difícil mantener aquella expresión cuando él la estaba mirando con un amor tan evidente.

—La adoro.

—Yo te adoro a ti.

Se besaron.

—Yo también te quiero —susurró él.

Aquéllas eran palabras que le habían resultado imposibles de pronunciar, pero que en aquellos días acudían con facilidad a sus labios. Ella le había enseñado a amar de nuevo.

—No tenías elección.

—Sí, me acuerdo de la noche en la que apareciste en la puerta de casa, empapada por la tormenta.

—Teniendo en cuenta que acababa de atravesar una, tenía buen aspecto.

—Yo no sabía si besarte o zurrarte.

—Hiciste ambas cosas.

—Sí, pero la zurra no llegó hasta mucho después.

Ambos se rieron, pero él se puso muy serio cuando dijo:

—No podía creer que hubieras hecho todo el camino sola con aquel tiempo. ¿Es que no escuchaste la radio del coche? ¿No habías oído la previsión de tormenta? Te metiste en la primera nevada de la temporada. Cada vez que lo pienso me dan escalofríos.

—Tenía que verte enseguida, antes de perder el valor. Habría atravesado el infierno con tal de llegar aquí.

—Casi lo hiciste.

—En aquel momento, no me pareció tan mal. Además, había sobrevivido a un accidente de aviación. ¿Qué era un poco de nieve para mí?

—¿Un poco de nieve? Y encima, conduciendo con la pierna herida.

Ella se encogió de hombros.

Para su disfrute, los pechos se le elevaron y después se posaron sobre las manos de Cooper. Con un murmullo de satisfacción, él comenzó a acariciárselos son suavidad, sabiendo la incomodidad que ella sentía últimamente a causa del embarazo.

—¿Te duelen? —le preguntó.

—Un poco.

—¿Quieres que pare?

—Ni se te ocurra.

Contento con aquella respuesta, él apoyó la barbilla sobre la cabeza de Rusty y continuó masajeándola.

—Me alegro de que la operación de la pierna deba posponerse hasta que nazca el niño —dijo Rusty—. Es decir, si a ti no te importa ver mi horrible cicatriz.

—Siempre cierro los ojos cuando hacemos el amor.

—Lo sé. Yo también.

—Entonces, ¿cómo sabes que yo los tengo cerrados? —le preguntó él burlonamente.

Ambos se rieron, porque ninguno cerraba los ojos cuando hacían el amor. Estaban demasiado ocupados mirándose el uno al otro.

—¿Te acuerdas de lo que me dijiste cuando abrí la puerta aquella noche?

—Te dije: «Vas a quererme, Cooper Landry, por mucho que te resistas».

Él se rió al recordarlo, y tuvo una sensación cálida en el corazón, como la de aquella noche, cuando pensó en el valor que había tenido Rusty para ir a su casa y hacer aquel anuncio tan extraño.

—¿Qué habrías hecho si te hubiera cerrado la puerta?

—Habría entrado de todos modos, me habría quitado la ropa, te habría prometido amor y fidelidad eternos y te habría amenazado si no me querías.

—Eso es lo que hiciste.

—Oh, sí —dijo ella con una risita—. Y pareció que a ti te gustó.

Él se rió, echando la cabeza hacia atrás con un verdadero estallido de buen humor. Algo que, en aquellos últimos meses, había hecho con frecuencia.

Algunas veces, Cooper volvía a ser el hombre retraído y triste del pasado. Su mente le llevaba de vuelta a fases de su vida a las cuales ella no podía acceder. La recompensa de Rusty era que podía traerlo otra vez al presente. Con paciencia, con amor, estaba erradicando los recuerdos dolorosos y reemplazándolos con recuerdos de felicidad.

En aquel momento, le besó el cuello y le dijo:

—Será mejor que nos preparemos para el viaje a Los Ángeles.

Una vez al mes iban a la ciudad y pasaban uno o dos días en la casa de Rusty. Mientras estaban allí, comían en buenos restaurantes, iban a conciertos y al cine, de compras, e incluso a alguna reunión social.

Rusty se mantenía en contacto con sus viejos amigos, pero también había cultivado la relación con las nuevas amistades que Cooper había aportado al matrimonio. Cooper, cuando quería, era una persona encantadora y podía conversar sobre muchísimas cosas.

Cuando estaban allí, Rusty también atendía asuntos de negocios que requirieran su atención.

Había llegado a vicepresidenta de la empresa de su padre.

Cooper estaba trabajando como consejero voluntario en un grupo de terapia para veteranos. Él mismo había iniciado varios programas de ayuda que estaban siendo emulados en otras partes del país.

Con los brazos entrelazados, la pareja volvió a la casa, que estaba situada en un bosque de pinos, sobre un valle espectacular. Los caballos y el ganado pastaban en las faldas de la montaña.

—¿Sabes? —le preguntó él cuando entraron a su dormitorio—, hablar de la noche en la que llegaste me ha excitado.

—Tú siempre estás excitado —dijo Rusty, quitándose el jersey, bajo el cual no llevaba sujetador.

Él observó sus pechos, se desabrochó la cremallera del pantalón y se acercó a ella.

—Y siempre es culpa tuya.

—¿Aún me deseas, a pesar del embarazo?

Él gruñó suavemente.

—Te deseo —dijo, besándole el pecho—. Siempre y cuando seas tú, te quiero, Rusty.

—Me alegro —respondió ella con un suspiro—. Porque, igual que después de aquel accidente, estás atrapado conmigo.

Títulos publicados en Top Novel

Sueños de medianoche — Diana Palmer
Trampa de amor — Stephanie Laurens
Resplandor secreto — Sandra Brown
Una mujer independiente — Candace Camp
En mundos distintos — Linda Howard
Por encima de todo — Elaine Coffman
El premio — Brenda Joyce
Esencia de rosas — Kat Martin
Ojos de zafiro — Rosemary Rogers
Luz en la tormenta — Nora Roberts
Ladrón de corazones — Shannon Drake
Nuevas oportunidades — Debbie Macomber
El vals del diablo — Anne Stuart
Secretos — Diana Palmer
Un hombre peligroso — Candace Camp
La rosa de cristal — Rebecca Brandewyne
Volver a ti — Carly Phillips
Amor temerario — Elizabeth Lowell
La farsa — Brenda Joyce
Lejos de todo — Nora Roberts
La isla — Heather Graham
Lacy — Diana Palmer
Mundos opuestos — Nora Roberts
Apuesta de amor — Candace Camp
En sus sueños — Kat Martin
La novia robada — Brenda Joyce

www.ingramcontent.com/pod-product-compliance
Lightning Source LLC
La Vergne TN
LVHW030339070526
838199LV00067B/6356